論創海外ミステリ
313

母親探し

レックス・スタウト
鬼頭玲子［訳］

論創社

The Mother Hunt
1963
by Rex Stout

目次

主要登場人物

リチャード（ディック）・ヴァルドン……売れっ子小説家
ルーシー・ヴァルドン……リチャードの妻
レオ・ビンガム……テレビの番組制作責任者《プロデューサー》
ウィリス・クリュッグ……著作権代理業者
ジュリアン・ハフト……パルテノン出版の社長
マニュエル（マニー）・アプトン……雑誌『ディスタフ』の編集者
エレン・テンザー……元看護婦
アン・テンザー……エレンの姪
キャロル・マーダス……マニュエルの部下
ニコラス・ローセフ……ボタンの商人

ネロ・ウルフ……私立探偵。美食家で蘭の栽培にも傾倒している
アーチー・グッドウィン……ウルフの助手
フリッツ・ブレンナー……ウルフのお抱えシェフ兼家政担当
セオドア・ホルストマン……ウルフの蘭栽培係
ソール・パンザー……ウルフの手助けをする、腕利きのフリーランス探偵
フレッド・ダーキン……ウルフの手助けをする、フリーランス探偵

オリー・キャザー…………ウルフの手助けをする、フリーランス探偵
マルコ・ヴクチッチ…………ニューヨークの一流レストラン〈ラスターマン〉のオーナーシェフ。ウルフの幼なじみ
ロン・コーエン…………『ガゼット』紙の記者。アーチーの友人
リリー・ローワン…………アーチーの友人
クレイマー…………ニューヨーク市警察殺人課、警視
パーリー・ステビンズ…………クレイマーの部下。巡査部長

母親探し

ニューヨーク　西35丁目
ネロ・ウルフの自宅兼事務所

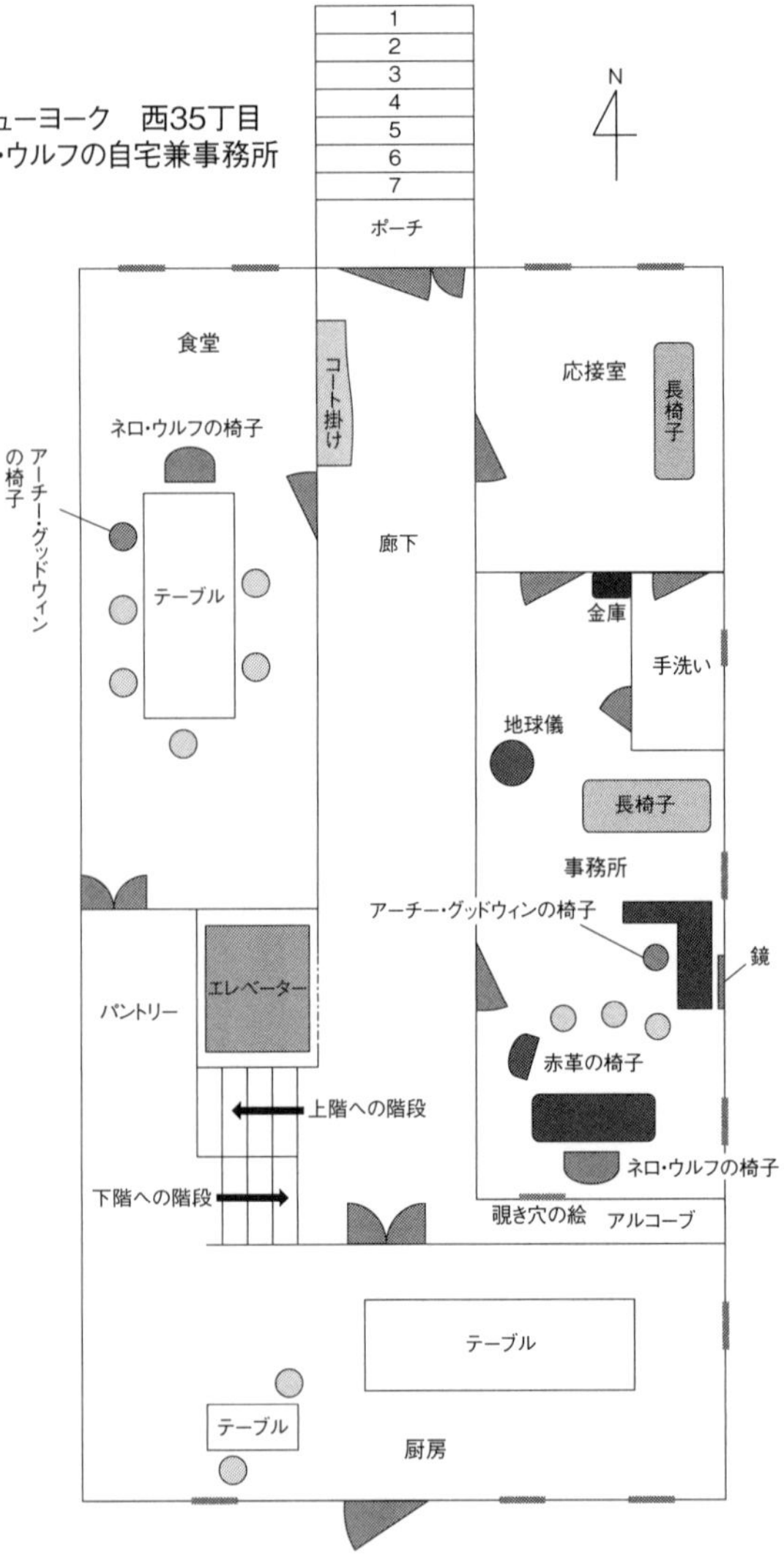

＊ネロ・ウルフの家の間取りは作品によって若干描写が異なる

第一章

六月初旬のその火曜日、午前十一時少し過ぎに玄関の呼び鈴が鳴り、ぼくは廊下に出て、玄関のマジックミラー越しに予想どおりのもの、いや、人を目にした。ちょっと細すぎる顔、ちょっと大きすぎる灰色の目、完璧な曲線美にはちょっと細すぎる姿。ぼくはその客がだれかを知っていた。月曜日の午後に電話があって、約束ができていたからだ。見た目がどんな女性かも知っていた。劇場やレストランで何度か見かけたことがあったからだ。

だいたい、なにも調べなくても、公共の記録や噂話をもとにネロ・ウルフへ簡単に説明できるだけの情報は持っていた。客は九か月くらい前に亡くなった小説家リチャード・ヴァルドンの妻だ。夫はウェストチェスター郡にあるどこかの家のプールで溺死したのだが、著書のうち四冊がベストセラーで、そのうちの一冊『もう二度と夢は見ない』は五ドル九十五セントで百万部以上を売りあげた。つまり、たとえ私立探偵から請求書が届いても、支払いにはなんの問題もないはずだ。五、六年前に『もう二度と夢は見ない』を読んだウルフは図書館に寄付してしまったが、次作の『自分の形』では評点をあげて本棚に置き場所を設けた。客が事務所に案内されて机の端に近い赤革の椅子へ腰をおろすまで、ウルフがわざわざ巨体を椅子から持ちあげて立っていたのは、たぶんそのせいだろう。自分の机で着席したぼくは、やる気満々とはいかなかった。ミセス・ヴァルドンは電話で極めて個人的かつ他聞をはばかる問題をウルフに相談したいと言っていたが、踏んだり蹴ったりの目に遭っている雰囲気ではない。きっと匿名の手紙とか、行方不明の親戚とか、よくある話だろう。

ミセス・ヴァルドンは近くの小さなテーブルにバッグを置き、頭を回して室内を眺めた。その頭を戻すとき、ぼくに半秒ほど大きな灰色の目を向けてから、ウルフに話しかける。「この部屋、夫が気に入りそうです」

「そうですか」ウルフは言った。「ご主人の本の一冊はわたしの気に入りですよ、何点か留保がありますが。おいくつで亡くなられたのですか?」

「四十二歳です」

「あなたはおいくつですか?」

ぼくを援護しているつもりなのだ。ウルフには三つの信条がある。

a．生理的嫌悪感があるため、どんな女でも一人として自分では見極められない。

b．ぼくはこの世のどんな女が相手でも、たった一時間でちゃんと値踏みができる。

c．自分が遠慮なく不躾な質問をすれば、ぼくの援護になる。

援護でのお気に入りが年齢を訊くことだ。間違っていると教えようとしたところで、どうにもならない。

この質問を、ルーシー・ヴァルドンは話の糸口だと受けとめた。にっこりと笑う。「大人です。立派な大人、二十六歳ですから。助けが必要なときには自分で判断できる年齢ですので、こちらに伺ったんです。内容は……極秘なんですが」ぼくにちらりと視線を投げる。

ウルフは頷いた。「おおむね依頼はそういうものです。仕事においては、わたしの耳はグッドウィン君の耳であり、逆もまたしかりです。秘密だとのことですが、重大な罪を犯したのではないでしょうね？」

ミセス・ヴァルドンはもう一度笑みを浮かべた。瞬間的な笑顔だったが、作り笑いではなかった。

「そんな度胸はありません。ちがいます、犯罪ではありません。人を探してほしいのです」

ぼくは思った。ああ、やっぱりか。いとこのミルドレッドの行方がわからなくなり、アマンダ叔母さんが金持ちの姪に探偵を雇ってくれと頼んだわけだな。が、ミセス・ヴァルドンは続けた。「ちょっと……その、普通ではない事情がありまして。うちには赤ん坊が一人いるんですが、その子の母親を知りたいんです。さっき言ったとおり極秘の話ですが、実際には厳密な秘密ではありません。メイドと料理人が知っていますし、弁護士や友人二人も承知しています。ただし、その人たちだけです。家に置いておくかどうか決めかねていて……その赤ちゃんを」

ウルフは顔をしかめた。当然だ。「マダム、わたしは赤ん坊の鑑定士ではありませんよ」

「もちろんです。わたしの望みは……いえ、説明が必要ですね。問題の赤ん坊は、家に来て二週間になります。二週間前の日曜日、五月二十日でした。電話がかかってきて、わたしが応答したところ、ポーチにお届けものがあると言われて。見にいったら、毛布にくるまれた赤ん坊が床に置かれていました。調べてみると、毛布の内側に紙がピンで留めてあったんです」テーブルからとりあげたバッグを開ける。紙片が出てきたときには、ぼくは待ち構えていて受けとった。ちらっと視線を落とすと内容は読みとれたが、ウルフが紙を持っている間に再確認できるように、机の正面から手渡すのではなく後ろへ回りこんだ。ありふれた安物の紙で、大きさは四インチかける六インチ、簡潔な文が子供用のゴム印一式を使って並びの乱れた五行で綴られていた。

ミセス・リチャード・ヴァルドン
この子はあなたに
男の子は
父親の家に住むのが
当然だから

隅のほうに二つ、ピンの穴があいていた。ウルフは紙を机に置き、客に顔を向けた。「で?」

「心あたりはありません」ミセス・ヴァルドンは答えた。「全然ないんです。ただし、事実の可能性はあります」

「ありそうだとの意味ですか、それとも、考えられなくもない程度ですか?」

「ありそうだ、と思います」ミセス・ヴァルドンはバッグを閉じて、テーブルに戻した。「つまり、可能性がかなりあるという意味です」手を振ると結婚指輪が目についた。ぼくに視線を向け、ウルフに戻す。「これはここだけの話で。了解いただけますか」

「はい」

「その……話す以上、わかってもらいたいんです。ディックとわたしが結婚したのは二年前、来月で二年になります。恋愛結婚でした。今でもわたしはそう思っています。ただ、夫は有名人でしたから、自分がミセス・リチャード・ヴァルドンになれるという打算もあったのは認めます。あの人にとっては、わたしの……その、家柄も関係していました。わたし、アームステッド家の出なんです。それが夫にとってどれほどの重みを持つのかを知ったのは、結婚後でした。わたしがアームステッド家の一員であることにほとほとうんざりしていると、夫が気づいたときだったんです」

ミセス・ヴァルドンは一息ついた。「結婚前、夫はいわゆるドンファンだと評判で。でも、たぶん大げさに言われてるんだと……ありがちなことですから。二か月間、わたしたちは完全に……」言葉を切って、目を閉じる。ほどなく、目は開いた。「わたしにとっては、二人しか存在しませんでしたし、夫も同じだったと思います。自信があります。それ以降は……わからないとしか。わかっているのは、以前とは同じじゃなかったことだけです。この一年、夫にとって最後の年には、女性が一人、二人、それとも一ダースいたか……見当もつきません。夫には女性がいた可能性がある、それはわかっています。ですから、赤ん坊は……なんと答えましたっけ。ありそうだと思います。わかってもらえましたか？」

ウルフは頷いた。「そこまでは。で、あなたのご依頼とは？」

「赤ん坊です、決まってるじゃないですか。わたし、子供を持つつもりでした。一人か、二人か、三人か。心からそう思っていました。ディックの望みでもありました。でも、わたしは時間をおきたくて、先延ばしにしました。夫が亡くなったとき、そのことが辛くて。なにより辛かったかもしれません。ディックは子供を望んでいたのに、わたしが先延ばしにしたんですから。でも、今はいます。わたしには赤ん坊が一人いるんです」ウルフの机の上の紙を指さす。「その紙の言い分、筋は通ってると思います。男の子は父親の家で暮らすべきでしょうし、父親の姓を名乗るのが当然です。ただ、問題が一つ。リチャード・ヴァルドンがあの子の父親なのでしょうか?」ミセス・ヴァルドンは手を振った。「そういうことなんです!」

ウルフは鼻を鳴らした。「くだらん。絶対に答えの出ない問題だと、ご自分でもわかっているはずですが。ホーマーの言葉があります。『父親を知ることのできる人間はいない』シェイクスピアの言葉にもあります。『自分自身の子供を把握しているのは、よほど賢い父親だ』お力にはなれませんな、マダム。なれる人などいないでしょう」

ミセス・ヴァルドンは笑みを浮かべた。「その意見だって『くだらない』ですよ。もちろん、力になれるじゃないですか。ディックが父親だと証明できないのはわかっていますけど、ポーチに赤ん坊を置き去りにした人は突きとめられますよね。母親も。となれば……これをどうぞ」バッグをとって開け、「計算してきました」と大きさも質もちがう別の紙片を出した。「医師の話では、赤ちゃんはうちに来た日、五月二十日の夜には、生後四か月だったそうです。ですから、その日付を基準にします」紙を見やる。「そうすると、生まれたのは一月二十日頃、つまり、妊娠は去年の四月二十日頃でしょう。母親がわかったら、その人とディックの関係を調べられます。その時期に二人が付き合っていた可能性が高いとか。ともかく可能性を探りだせますよね。うちの赤ちゃんがディックの子供だという証明にはなりませんけど真相に近づけます、充分なくらいに。それだけじゃなく、今回の騒ぎがただの悪質な嫌がらせで、ディックが父親ではなく、その可能性もないのなら、それも突きとめればわたしの助けになります、ちがいますか? ですから、まず赤ん坊をポーチに置いていった人、次に母親を特定してもらうことになります。判明すれば、自分で問いただしてみたいと思うかもしれません。そうじゃなかったら……まあ、そのときになればわかるでしょう」

ウルフは椅子にもたれ、しかめ面をミセス・ヴァルドンに向けていた。口実をでっちあげでもしなければ断れない雲行きになってきたし、働くのは嫌いだし、預金残高は健全そのものだ。「仮定が多すぎます」と反論する。「わたしは魔術師ではありませんよ、ミセス・ヴァルドン」

「そんなこと、わかってます。でも、世界最高の探偵なんですよね？」

「おそらく、ちがうでしょう。世界最高の探偵は語彙《ごい》の限られた粗野な部族民かもしれません。弁護士は赤ん坊の件を知っているという話でしたな。わたしに相談することは知っているのですか？」

「はい。ただ、賛成はしていません。赤ん坊を手元に置きたがるなんて、どうかしてると思ってるんです。一時預かりは認められています。乳児に関する法律があって、弁護士が対処をしました。わたしが言い張ったので。それでも、母親を見つけようとする計画は、弁護士から反対されています。ただこれは、わたしが対処すべき問題です。弁護士が対処すべき問題は、法律にすぎませんから」

ミセス・ヴァルドンは気づかなかったが、これはつぼにはまった。ウルフはすべての語彙を費やしても、自分の弁護士に対する意見をそれ以上うまく説明はできなかったのだ。しかめ面を少し和らげる。「わたしとしては」ウルフは言った。「あなたが問題の難しさを充分に考慮していないのではないかと思います。調査にはほぼ確実に時間と手間と金がかかり、成果がない可能性もあるのですよ」

「わかっています。さっきも言ったとおり、あなたが魔術師ではないことは承知しています」

「金銭的な問題はありませんか？　わたしの報酬はお手頃価格ではありませんよ」

「知ってます。祖母からの遺産や、夫の本からの印税があります。家もわたしのものです」ミセス・ヴァルドンはにっこりした。「確定申告書の写しを見たいのでしたら、弁護士が持っています」

「必要ありません。一週間、一か月、一年かかるかもしれませんが」

「大丈夫です。弁護士の話では、赤ん坊の一時預かりは一か月単位で延長できますので」

ウルフは紙片をとりあげて睨みつけ、おろしてからミセス・ヴァルドンを睨んだ。「来るのなら、もっと早く来るべきでしたな」

「昨日まで決心がつかなかったんです、はっきりとは」

「おそらく、遅すぎです。五月二十日日曜日から、十六日間経過しています。電話があったのは、日が暮れる前でしたか？」

「いいえ、夜です。十時少し過ぎ」

「声は男性ですか、女性ですか？」

「よくわからないんです。男の人が女の声のまねをしていたか、その逆かだと思いますが、どっちとも言えません」

「あてずっぽうで決めなければならないとしたら？」

ミセス・ヴァルドンは首を振った。「それさえ無理です」

「なんと言われましたか？　言葉どおりに教えてください」

「メイドが不在で、わたしは家に一人でした。電話がかかってきて、こう応答しました。『ヴァルドンです』相手は、『ミセス・ヴァルドン？』と言いました。『そうです』と答えると、声が続けました。『ポーチを見ろ、お届けものがある』電話は切れました。それで、ポーチに出てみたら、赤ん坊がいたんです。生きている赤ん坊だとわかって、室内に入れ、かかりつけ医に電話をして、それから――」

「失礼。あなたは昼も夜もずっと在宅していたのですか？」

「いえ。週末は田舎で過ごしていました。帰宅したのは八時頃です。日曜日の日暮れ後の移動は嫌いなので」

「田舎とは、どちらです？」

「ウェストポートの近くです。ジュリアン・ハフトさんのお宅に……夫の本を出版している人です」

「ウェストポートとは、どこです？」

ミセス・ヴァルドンは、びっくりしてちょっと目を見開いた。ぼくは平気だった。首都圏についてウルフが知らないことを書きだせば、製図用紙いっぱいになるだろう。「コネチカット州じゃありませんか」ミセス・ヴァルドンは言った。「フェアフィールド郡です」

「そこを出たのは何時でしたか？」

「六時少し過ぎです」

「車ですか？　ご自身の？」

「はい」

「運転手も？」

「いえ。運転手はいません」

「車に同乗者はいましたか？」

「いえ、一人でした」ミセス・ヴァルドンは結婚指輪をはめた手を振った。「ウルフさん。あなたは探偵で、自分がちがうことくらいは承知してますけど、こんなに根掘り葉掘り質問する意図がわかりません」

「では、頭を使っていないのですな」ウルフは目を転じた。「説明しろ、アーチー」

客に対する態度とは思えない。ウルフはわかりきったことをわざわざ説明するのがいやでこっちに振ったわけだが、指示には従った。「きっと、赤ちゃんにかかりきりで考える暇がなかったんでしょう」と、軽く取り繕う。「犯人がぼくだったとしましょう。ぼくは電話をかける前に赤ん坊をポーチに置いた。あなたが在宅していると、電話に出るとわかっていなかったら、乳児を置き去りにするとは考えにくい。あなたの帰宅か家に明かりがつくのを確認するまで、近くをうろついていたかもしれませんね。ただ、あなたが週末に家を留守にして、日暮れまでには帰宅することを知っていたと考えるほうがより無難です。ウェストポートを出発した時間まで把握していた可能性もある。最後の質問をとりあげましょう。車に同乗者はいたか？　ぼくにとって、あなたの帰宅時間を知る一番簡単で確実な方法は、一緒の車で帰ることです。ですので、仮にいたという答えだったら、次の質問は、その人物はだれだったか、となったでしょうね」

「そんな」ミセス・ヴァルドンはぼくをじっと見つめていた。「そこまで近しい人だなんて……」みなまで言わずに、ウルフに向き直る。「納得しました。訊きたいことはなんでもどうぞ」

ウルフは唸った。「訊きたいのではありません。訊かなくてはならない……依頼を引き受けるのならばね。持ち家だとの話でしたな。住所は？」

「五番街に近い十一丁目です。相続しました。建てたのは曾祖父です。アームステッド家の一員であることにうんざりしていたと言ったのは口先だけではなく本心ですが、家は気に入っていました。ディックの大のお気に入りでしたし」

「同居人はいますか？　下宿人は？」

「いません。今後はもしかしたら……わかりません」

「メイドと料理人は住みこみですか?」

「はい」

「他には?」

「住みこみはいません。家政婦が一人、週に五日、手伝いにきています」

「メイドもしくは料理人が、一月に出産した可能性はありますか?」

ミセス・ヴァルドンは笑顔になった。「料理人は考えられません。メイドもです。二年近く働いてもらっていますから。ええ、メイドにも赤ちゃんはいません」

「では、その二人の親戚ですかな。妹とか。世間体に関わる乳児の甥には、もってこいの対処法です」ウルフは片手を振って、区切りをつけた。「そこは型どおりの捜査となるでしょう」指先で紙片を軽く叩く。「ピンの穴があります。安全ピンでしたか?」

「いえ、ちがいます。ただの普通のピンでした」

「ほほう」ウルフの両眉があがった。「毛布の内側と言っていましたね。位置は? 赤ん坊の体のどこに近かったですか? 足、腹、頭?」

「足ですかね。でも、はっきり覚えていません。紙に気づく前に赤ん坊を毛布から出したので」

ウルフは椅子を回した。「アーチー。きみは賭け率の形式で意見を言うのを好むな。今の話のように、むき出しのピンが赤ん坊に刺さりかねないままにする女はいない、とするならば賭け率はいくつだ?」

ぼくは三秒考えた。「材料不足です。ピンの正確な位置は? 赤ん坊の服装は? 安全ピンを手に入れるのはどれくらい手間だったのか? 大雑把な計算で、十対一です。ただ、一対十でそいつが男だったって意味じゃありませんよ。ぼくは質問に答えただけで、賭けは成立しません」

「賭けろとは言わなかった」ウルフは椅子を戻して、ミセス・ヴァルドンに顔を向けた。「毛布の中の赤ん坊が裸だったとは思えませんが」

「それはそうです。服を着ていました。着せすぎなくらい。セーター、コーデュロイの帽子、コーデュロイのオーバーオール。Tシャツ、シャツ、おむつカバー、おむつ。ああ、赤ちゃん用の毛糸の靴も。ちゃんとしてました」

「安全ピンはありましたか？」

「もちろん。おむつについていました」

「おむつは……ええ……きれいでしたか？」

「いいえ。汚れていました。何時間もつけっぱなしだったような。医師が来る前に換えましたけど、枕カバーを使うしかなくて」

ぼくは話に割りこんだ。「意見を求められたので、賭けを一つ。女がピンで毛布に紙を留めたのなら、二十対一で赤ん坊に服を着せた人物とは別人です」

反応なし。ウルフは頭の向きを変えて壁の時計を見やった。昼食まで一時間。かなりの体積の胸いっぱいに鼻から息を吸いこみ、口から吐き出して、ミセス・ヴァルドンに向き直る。「あなたから追加の情報を得る必要がありますな。結構な量が予想されますが、グッドウィン君がわたしと同等に対処できますので。契約上のわたしの義務は、母親の身元を突きとめてあなたの納得のいくように証明すること、ご主人が赤ん坊の父親である可能性を明らかにすること、ただし成功の保証はなし。これでよろしいですか？」

「それは……はい。もしそちらが……いえ、『はい』とだけお返事します」

「結構。手付金支払いの手続きがあります」

「もちろんです」ミセス・ヴァルドンはバッグに手を伸ばした。「おいくらですか？」

「いくらでも」ウルフは椅子を引いて立ちあがった。「一ドル、百ドル、千ドル。グッドウィン君はたくさん質問を抱えています。わたしは失礼します」

ウルフはドアに向かい、廊下を左に曲がって、厨房に入った。昼食はニシンの卵の蒸し焼き鍋《キャセロール》の予定だが、これはウルフとフリッツの間で一向に解決しない意見の相違がある数少ない料理の一つだった。ラード、アンチョビバター、チャービル、シャロット、パセリ、ローレル、胡椒、マージョラム、クリームについては、意見は一致している。議論の種は、タマネギだ。フリッツは使おうとするし、ウルフは大反対だった。大声になる可能性もあるので、ぼくはノートを出して依頼人にとりかかる前に、ドアを閉めにいった。事務所のドアは防音仕様だ。席に戻る途中で、ミセス・ヴァルドンから千ドルちょうどの小切手を渡された。

第二章

その日の午後四時四十五分、ぼくは西十一丁目にあるルーシー・ヴァルドン宅の台所で情報収集の最中だった。ミルクのコップを片手に、冷蔵庫へ寄りかかって立つ格好だ。料理人のミセス・ヴェラ・ダウドは、自分の料理の分け前をたっぷり平らげると思われる体つきで、今は椅子に座っていた。ぼくが頼んだら、ミルクをくれた。お仕着せ姿のメイド、ミス・マリー・フォルツは十年前なら鑑賞にいい感じだったにちがいないし、まだ少しも目障りではなかった。流し台に背中を向け、ぼくの正面に立っている。

「助けが必要なんです」そう言って、ぼくはミルクを飲んだ。

昼食前に行われたミセス・ヴァルドンとの話し合いの場を割愛したのは、隠したいことがあるわけじゃない。ぼくのノートの内容をいちいち報告しても意味がないだけだ。依頼人の言葉を額面どおり受けとって、何点かは挙げておこう。

寄る辺のない赤ん坊を押しつける悪質な嫌がらせを仕掛けるほど、ミセス・ヴァルドンを憎む人物はいない。恨んでいる人もいない。身内も同じだ。両親は世界一周旅行でハワイに短期滞在中。既婚の兄はボストン在住、既婚の姉はワシントン。毛布に留められていた紙を見せた相手はたった三人で、そのうちの一人が一番の親友のリーナ・ガスリー。残りの二人は医者と弁護士だ。リーナの意見では赤ん坊はディックに似ているらしいが、ミセス・ヴァルドンは意見を保留中。引きとると決めるまで、赤ん坊に名前をつける気はない。モーゼとつけるかもしれない。モーゼの父親がだれなのかちゃんと知っている人はいないけれども、笑顔が絶えなかったから。等々。それから、二ダースほどの名前も聞きだした。五月二十日にウェストポートのハフト家で週末を過ごした五人の客。一九六一年の四月にディックがままごと遊びをした可能性のある四人の女性の名前も、なんとか重い口を開かせた。未亡人よりもディックの個人的寄り道について詳しそうな人の名前。ほとんどが男で、そのうち一番期待値の高そうな三人には印がつけてある。レオ・ビンガム、テレビの番組制作責任者《プロデューサー》。ウィリス・クリュッグ、著作権代理業者。ジュリアン・ハフト、パルテノン出版の社長。充分な情報だ。

ミセス・ダウドとミス・フォルツから情報を集めていた場所は、台所だった。普段おしゃべりをしている場所なら口が軽くなるからだ。助けが必要だとお願いしたところ、ミセス・ダウドは目を細めてこちらを見返し、ミス・フォルツは警戒している様子だった。

「赤ん坊のことなんです」ぼくはさらにミルクを飲んだ。「奥さんがさっき二階で見せてくれました。ぼくの意見じゃまるまるしすぎで、ぺたぺたしてるようだったし、鼻なんて粒みたいでしたね。まあ、男の意見ですけど」

ミス・フォルツは腕を組んだ。ミセス・ダウドは言った。「立派な赤ちゃんですよ」

「そうなんでしょうね。ポーチに置き去りにしたのがだれであれ、ミセス・ヴァルドンが育ててくれると踏んでたんでしょう。育てるにしても、育てないにしても、奥さんは当然ながら赤ん坊の身元を知りたがっています。それで、私立探偵を雇って調べることになったんですよ。名前はネロ・ウルフです。聞いたことあるかもしれませんけど」

「テレビに出てる人？」ミス・フォルツが訊いた。

「なに言ってるの」ミセス・ダウドが口を挟んだ。「そんなはずないでしょ。本物の探偵なんだから」

そして、ぼくに言う。「もちろん聞いたことはあります。あなたの名前もね。一年くらい前に新聞に写真が出てたでしょ。ファーストネームは忘れたけど……いえ、思い出した。アーチー。アーチー・グッドウィン。奥様がグッドウィンって言ったときに思い出してもよかったのに。名前と顔を覚えるのは得意なのよ」

「たしかに」ぼくはミルクを飲んだ。「で、助けが必要なんです。こういった事件で、探偵が真っ先に考えることは？　どこか他の家ではなく、この家に赤ん坊が捨てられた理由があるにちがいない。その理由としてなにが考えられるか？　まあ、この家に住んでいるだれかが赤ん坊の同居も望んだというのが、立派な理由の一つになりますよね。ですから、この家に住んでいる他の人物はだれかとウルフさんはミセス・ヴァルドンに尋ねたわけです。すると、ミセス・ヴェラ・ダウドとミス・マリー・フォルツという答えが返ってきました。そこで、二人のどちらかが四か月ほど前に赤ん坊を産んだ可能性があるかと質問したところ、ミセス・ヴァルドンは――」

二人から同時に遮られた。ぼくは二人に、片手をあげて手のひらを向けた。「これでわかったでしょう」声を張りあげたりはせずに続けた。「なぜ助けが必要なのか、わかってもらえましたよね。ぼくは、探偵がごく普通で当然の質問をしたと話しただけです。そうしたら、あなたたちは反射的に怒りだす。一度、自分が探偵になったと考えてみてください。もちろんミセス・ヴァルドンは言ってましたよ、二人とも四か月前に出産していたはずがないってね。次の質問は、あなたがたのどちらかに育てられない赤ん坊を持つ親戚、そう、姉妹がいるか、でした。そちらは答えを出すのがもっと難しいので、調査の必要があります。あなたがたの親戚や友人を見つけて、山ほど質問をしなければなりません。時間も金もかかります。それでも答えは見つけますよ、絶対にね」

「答えなら今すぐ手に入れられるけど」ミセス・ダウドが言った。

ぼくは頷いた。「わかってます。すぐ教えてほしいと思っているところです。要するに、ミセス・ヴァルドンがぼくと話をするように頼んだことを、悪く思ってほしくないんですよ。探偵を雇ったら、捜査をさせなくちゃいけません。ぼくに情報収集をさせるか、ネロ・ウルフを解雇するかなんです。あなたがたのどちらかが赤ん坊の素性を知っていて養育を望んでいるなら、そう言ってください。ミセス・ヴァルドンは自分では引き受けないかもしれませんが、ちゃんとした家庭ができるように手を打つでしょう。知られたくないことは、だれにも知られたりしません。もう一つの選択肢ですが、ぼくがあれこれ首を突っこむしかなくなります。あなたたちの親戚や友人と会って、突きとめる――」

「わたしの親戚や友達に会う必要はないですからね」ミセス・ダウドがきっぱり言った。

「わたしも同じです」ミス・フォルツも請けあった。

必要はないと、ぼくにもわかっていた。もちろん、いつも顔を見ているだけではっきりした答えが手に入るわけじゃないが、ときにはそういうこともあり、今回は答えが手に入った。どちらの顔にも問題は潜んでいなかった。ミセス・ヴァルドンからの申し出を考えるにしても、ぼくに捜査を開始させるにしても。ぼくは二人にそう告げて、ミルクを飲み干すまでの間、二人と人の顔についてあれこれおしゃべりをした。二人については話し合いで結論が出るはずだとミセス・ヴァルドンに請けあったことも説明した。それは嘘だった。話し合いでどんな答えが出るかは、実際に出てみないとわからない。たとえ話し相手が自分だとしてもだ。ぼくらはまあまあ仲よく別れた。

ヴァルドン家にはエレベーターがあった。西三十五丁目にあるウルフの古い褐色砂岩《ブラウンストーン》の家にあるものよりも、なめらかで静かに動く。ただ、ミセス・ヴァルドンが二階にいると言っていたので、ぼくは階段を使った。二階には大きな広間があった。ぼくらの事務所と表の応接室を合わせたよりも広い。敷物と奥にあるテレビの収納セットを除けば、現代的な調度品はなにもなかった。他はすべて骨董なんだろうが、ぼくは詳しくない。依頼人は雑誌を手に長椅子に座っていた。一時間前にはなかった酒のワゴンがそばにある。それから、また着替えをしていた。ウルフとの約束のときは、黄褐色に茶色の線が入ったあつらえのスーツ姿だった。ぼくがこの家に来たときには、ぴったりした灰色のワンピースで、黄褐色よりも目の色と釣り合いがとれていた。今は襟ぐりが深めで袖なしの薄い青のドレス、絹製のようだ。まあ、最近では断言できないのだが。ぼくが近づいていくと、ミセス・ヴァルドンは雑誌をおろした。

「すっかり片づきました」ぼくは告げた。「あの二人は容疑者から除外です」

「間違いないの?」

「間違いありません」

ミセス・ヴァルドンは頭を後ろへ傾けた。「そんなに時間はかからなかったのね。どんなふうにやったの?」

「企業秘密です。ウルフさんへの報告が完了するまでは、戦略について依頼人に教えないことになっていますので。ただ、あの二人はちゃんとしてましたよ。メイドと料理人はこのまま雇い続けられます。なにか思いつけば、朝にでもこちらに電話するかもしれません」

「マティーニを飲むつもりだったの。一緒にいかがですか? 他にお好きなものがある?」

台所を出るときに腕時計は確認してあった。ウルフは午後の蘭の世話で六時までは植物室にこもるとわかっていたし、ぼくの役目の一つは事件関係者のどんな女性も理解することなのを思い出したし、ジンはフォランズビーだとわかったので、お付き合いしてもいいんじゃないかと判断した。ご用意しましょうと申し出て、五対一が自分の好みだと説明した。ミセス・ヴァルドンはそれで結構だと答えた。できあがったマティーニを渡し、長椅子の隣に腰をおろして味見した。ミセス・ヴァルドンが言った。「ちょっと試してみたいことがあるの。わたしのを一口どうぞ、で、わたしも一口いただきます。いや？」

もちろん、いやじゃなかった。狙いはミセス・ヴァルドンを理解することだったから。ミセス・ヴァルドンはぼくにグラスを差し出し、ぼくもグラスを差し出した。

「白状すると」ぼくは言った。「このすばらしいジンを、ぼくは無駄にしてるんです。ミルクを一杯飲んだばかりなので」

ミセス・ヴァルドンは聞いていなかった。ぼくがしゃべったことにさえ、気づいていなかった。目をこちらに向けているが、見てはいなかった。どんなふうに理解したらいいんだろう？　隣に座ったままその顔を見つめているのが気まずくて、ぼくは視線をミセス・ヴァルドンの肩と腕に移した。正直なところ、骨と皮ばかりではなかった。

「どうして急にこんなことがしたくなったのかしら」ミセス・ヴァルドンは言った。「ディックが死んでから、やっていなかった。ディック以外のだれともやったことがなかったんです。でも、試してみなきゃいけないって思った、青天の霹靂《へきれき》みたいに。理由はわからないけど」

探偵としての立場を守ったほうがいいようだ。それにはウルフを持ちだすのが、一番手っ取り早い。

「ウルフさんの話では」ぼくは言い聞かせた。「なにかについて真の理由を見つけた人は、一人もいないとのことでした」

ミセス・ヴァルドンは微笑んだ。「上階にいたとき、あなたが赤ちゃんを見ていたとき、アーチーって呼びかけるところでした。気をひこうとしているわけじゃないの。誘いかたを知らないし。そんなこと……あなたって催眠術師じゃないわよね？」

ぼくはマティーニを一口飲み、「なにを言ってるんですか」といなした。「肩の力を抜いてください。飲み物の交換は、古いペルシャの習慣です。ぼくをアーチーと呼ぶことについては、それが名前ですからね。スベンガーリ（イギリスの作家ジョージ・デュ・モーリアの代表作『トリルビー』に登場する悪い催眠術師）なんて呼ばれるのはいやです。異性の気をひく件については、議論の余地がありますね。男と女は互いの気をひきます。馬もです。オウムもです。牡蠣もそのはずですが、なにか特別な方法があるにちがいないと……」

ぼくは言葉を切った。ミセス・ヴァルドンが身動きしたのだ。長椅子を離れ、半分残っているグラスをワゴンに置き、こちらに向き直る。「お帰りのときには、スーツケースを忘れないで」そして、出ていった。

これは特別な理解の必要があったため、ぼくは座ったまま、マティーニを飲みおえるまで取り組んでみた。四、五分後に立ちあがってグラスをワゴンに戻し、理解したという合図に依頼人のグラスと合わせた。が、本当は理解していなかった。そして、部屋を出た。帰りがけに一階の廊下で、ミセス・ヴァルドンが詰めるのを手伝ってくれた小さなスーツケースを拾った。

その時間にニューヨークの十一丁目あたりでタクシーをつかまえるのは、ポーカーの手札が八、九、ジャック、クィーンになっているところへ十を引くことを期待するようなものだ。短いブロックが二

十四、長いブロックが四だけで、スーツケースは軽い。いずれにしても、ぼくはよく歩く。ウルフが事務所へおりてくる前になんとか帰りたかったし、帰った。古い褐色砂岩の玄関前にある階段をのぼり、鍵を使って家に入り、事務所の自分の椅子にスーツケースを置いて広げたときには、時刻は五時五十四分だった。エレベーターがおりてくる音がしたときには、すべての品がウルフの机をちょうど占領するように並べられていた。ウルフが入ってきたときには、ぼくは自分の机で書類と格闘していた。ウルフが足を止めて唸り声をあげたため、ぼくは椅子を回した。

「なんだこれは?」ウルフが問いただした。

ぼくは立ちあがって、指をさした。「セーター。帽子。オーバーオール。Tシャツ。シャツ。毛布。赤ん坊用の靴。おむつカバー。おむつです。そのおむつを保管しておいた点については、ミセス・ヴァルドンを正当に評価する必要がありますよ。メイドは不在でしたし、乳母は翌日まで手配できませんでした。つまり、おむつは自分で洗ったはずですからね。洗濯屋の印や店のラベルはありません。セーターと帽子とオーバーオールと靴には商標のラベルがありますが、役には立たないいんじゃないかと。ご自分で特定するのでなければ、わざわざ話題にするほどの価値はないでしょう」

ウルフは特注の椅子へ移動し、腰をおろした。「メイドと料理人は?」

「情報収集をしました。除外です。逐語的な報告が必要ですか?」

「きみが納得したのなら不要だ」

「納得しています。もちろん、空くじばかりなら調査の対象にはできます」

「他に収穫は?」

「まず、生きている赤ん坊がいました。直接見ました。ミセス・ヴァルドンの幻想じゃありませんでしたよ。ポーチに変わった点は一つもないです。ドアに鍵はついてませんし、階段はたったの四段なんで、だれでもさっと入って出ていけます。十七日前の日暮れ後だった犯行の目撃者を見つけようとしても、時間と依頼人の金の無駄でしょう。掃除の女性は情報収集の対象にはしませんでした。仮に母親だとしたら、赤ん坊の肌の色がちがっていたでしょうから。乳母も対象にしませんでした。事件の翌日に代理業者を介して雇われていたので。予備の寝室だった子供部屋には、立派なテッケの敷物がありましたよ。ぼくの敷物についての知識はあなたから、絵についてはミス・ローワンから仕入れたことにはお気づきですよね。居間にはルノワールが飾られていました。それと、セザンヌもあったと思います。依頼人はフォランズビーのジンを飲んでました。ぼくはミセス・ヴァルドンに嫌われています。アームステッド家の一員だというのを忘れて、ちょっと失礼なことをしたので。一晩寝れば忘れてくれるでしょうが」

「なぜ、失礼なことをした？」

「ミセス・ヴァルドンがぼくの腕を揺すったんで、ズボンにジンがこぼれたんですよ」

ウルフはぼくをじっと見た。「逐語的な報告をしてもらうほうがよさそうだ」

「必要ありません。納得していますから」

「そう言うと思っていた。なにか提案はあるか？」

「はい。お先は真っ暗なようです。二週間経ってなんの成果もなければ、ぼくが父親でポーチに赤ん坊を置き去りにしたことが判明したと報告するのも手かと。ぼくと結婚すれば、赤ん坊を育てられますよってね。母親についてては、ぼくにはもう――」

「うるさい」

いずれにしても、ぼくは母親の調査をどのように進めるかを決めかねていた。ウルフはセーターをとりあげて調べた。ぼくは腰をおろして椅子にもたれ、足を組んで成り行きを見守った。セーターは裏返しにはされなかった。ということは、これはただの簡単な品定めで、あとでよく確認するつもりなんだろう。ウルフはセーターを置いて、帽子をとりあげた。オーバーオールにとりかかったところでウルフの顔をよく見たが、なにかを発見した様子はなかったので、ぼくは椅子を回して電話帳の棚へ手を伸ばし、マンハッタンの電話帳《イエローページ》、かつての貴紳録《レッドブック》をとった。幼児と乳児服部門の卸売りと工場の番号欄は四頁半あったが、お目あての番号は見つかった。受話器へ手をかけようとして、引っこめる。ウルフは二回目の品定めで目をつけるかもしれないし、こっちの助言なしでやってみるべきだろう。ぼくは立ちあがり、廊下に出て三階の自分の部屋へあがった。ベッドの横にある小卓の電話から一本かけてみたが、時間が時間だけに予想どおりだれも出なかった。別の番号にもかけた。小さな子供が三人いる知り合いの女性だ。つながったが、役には立たなかった。オーバーオールを見る必要があるとの返事だったのだ。だったら、朝まで待たなきゃならない。ぼくは階下の事務所へ戻った。

ウルフは椅子を回して、光がよくあたるようにオーバーオールを持ちあげていた。反対の手には、一番大きな拡大鏡を持っている。ボタンを観察していた。ぼくは近づきながら声をかけた。「なにか見つかりましたか?」

ウルフは椅子を回して、拡大鏡を置いた。「おそらく。この服についているボタンだ。四個ある」

「ボタンがどうしたんです?」

「服と合わないようだ。こういった服は、ボタンも含めて百万単位で作られるはずだが、このボタンは間違いなく大量生産ではない。材質は馬の毛、白い馬の毛のようだ。合成繊維の一種でもありえるとは思うが。とはいえ、大きさや形状にかなりの違いがある。おそらく機械での大量生産はできないだろう」

ぼくは腰をおろした。「それはすごい発見ですね。おめでとうございます」

「きみも観察してみたらどうだ」

「もうやりました。拡大鏡は使いませんでしたけどね。もちろん、オーバーオールの商標が『チェラブ』なのには気づきましたよね。その商標を使っているのは西三十七丁目三四〇番地にあるレズニック・アンド・スパイロ社です。さっき電話をかけましたが、応答はありませんでした。六時を過ぎてますから。朝になったら、ここから歩いて五分で行けます。今すぐレズニックさんとスパイロさんを見つけてほしいのでなければですが」

「朝でいい。きみのお手柄を半減させたことを謝るべきかな？」

「お互い様です」ぼくはオーバーオールと拡大鏡を受けとろうと立ちあがった。

第三章

マンハッタンの服飾街は、三十階建ての大理石の宮殿から壁にあいた穴みたいな店までなんでもありだ。散歩向きの場所ではない。後進もしくは前進で店に入るトラックをよけるため、ほぼ歩道からはずれて歩かなければならないからだ。ただし、跳んだり、よけたりを練習するとか、反射神経の回復には格好の場所だ。あの三十丁目近辺の交差道路に一時間いて無傷のまま出てこられたら、世界のどこに行っても大丈夫だろう。水曜の朝十時に西三十七丁目三四〇番地の店舗入口に足を踏み入れたとき、ぼくは達成感のようなものを感じていた。

しかし、そこから話はややこしくなった。最初は一階の陳列窓《ショーウィンドウ》にいた若い女性、次は四階の受付室にいた男性に全力を尽くして説明したが、さっぱりわかってもらえなかった。ぼくがなにも売りたくなくて買いたくなくて、仕事を探しているのでもないのなら、なぜここにいるのか。最終的に机に着席しているより広い視野の持ち主にたどり着いた。もちろん、オーバーオールに例のボタンをつけたのはレズニック・アンド・スパイロ社かという質問への答えが、わざわざ三十七丁目まで切り抜けてくるほど重要な理由はわからなかったようだが、そこまで深入りする時間がなかったらしい。質問をするのにこれほど苦労した相手は、答えを手に入れる資格があると判定しただけだった。ちらっと見ただけで、レズニック・アンド・スパイロではそんなボタンを使ったことはないし、これからも使うことはないだろう、と教えてくれた。使用しているのは、ほぼプラスチックのボタンだけ。男はオーバーオールを返してくれた。

「ありがとうございます」ぼくは言った。「こんなことに首を突っこむ理由に興味はないでしょうが、単なる好奇心ではないんです。このようなボタンを作っている会社はご存じありませんか?」

男は首を振った。「見当もつきませんね」

「こんなボタンを見たことはありますか?」

「一度もないです」

「なにでできているか、教えてもらえますか?」

男は身を乗り出して、改めて確認した。「合成繊維でしょうかね、神さまにしかわからないんじゃないかな」不意に男は笑みを浮かべた。人間らしく、ユーモアを感じさせる、陽気な笑いだった。「ああ、日本の帝《みかど》ならわかるかもしれませんよ。訊いてみるといい。じきに、なにもかも日本産になるんでしょうから」

ぼくは礼を言って、紙袋にオーバーオールを詰めこみ、店を出た。レズニック・アンド・スパイロから手に入れられる情報はその程度じゃないかと踏んでいたので、火曜日の夜には一時間かけてイエローページでボタン部門の四頁半の電話番号を調べ、現在地から五ブロック以内にある十五の会社の名前を手帳に書き留めておいた。そのうちの一社は通りのわずか五十歩先なので、そこに向かった。

九十分後、四つのちがう会社を訪問した結果、ぼくのボタンに関する一般的な知識は少し増えたものの、オーバーオールのボタンについては特別な情報は手に入らずじまいだった。訪問した会社の一つではくるみボタンを作っていた。別の会社ではポリエステルとアクリルのボタン、次は淡水真珠と真珠、その次は金と銀のメッキ。ぼくのボタンをだれが作ったのか、材料がなんなのか、見当がつく人はだれもいなかったし、だれも気にしなかった。それはそれで収穫だが、『知らない』の言葉を集めるだけになる流れのまま、三十九丁目にあるビルの六階の廊下を『特選新案ボタン社』と書いてあるドアへ進むことになった。

わかっていれば、真っ先にそこへ行っていただろう。ぼくが十語と話さないうちに、訪問の目的をきちんと把握した女性が、奥の部屋へ案内してくれた。壁に棚はなく、ボタンは一個も見あたらず、大きな耳にもじゃもじゃの白髪頭の小柄で変なじいさんがテーブルで画集を眺めていた。ぼくが近くまで移動して袋からオーバーオールをとりだすと、じいさんはようやく顔をあげた。その視線が動いて、たまたまボタンが目に入ったらしい。ぼくの手からオーバーオールをひったくり、胸あてに二個、脇に二個あるボタンを順番に目を細めてじっと見ていく。そのうえで、こっちに視線を向け、問いただした。「このボタンはどこのだ?」

ぼくは笑った。他の人にはおもしろいとは思えないかもしれないが、それこそぼくが二時間近く繰り返してきた質問だったのだ。椅子があったので、腰をおろした。「笑ったのは自分のことで、あなたではありませんから」と説明した。「その質問に対する確実な答えは、質問者にとっては現金百ドルの価値がありますよ。理由は説明しません。ややこしすぎるので。答えを知っていますか?」

「あんたはボタン関連の商売人かな?」

「ちがいます」

「では、どういった人かな?」

ぼくはポケットから名刺入れを出して、一枚渡した。相手は受けとって、目を細めて読んだ。「私立探偵？」

「そうです」

「どこでこのボタンを手に入れた？」

「聞いてください」ぼくは言った。「こちらとしてはただ——」

「そっちこそ聞きなさい。わたしはこの世のだれよりもボタンに詳しい。世界中から集めていて、現存では一番包括的で立派な収集品《コレクション》を有している。販売もしている。一ダースにつき四十セントで、千ダースのボタンを一括販売したこともあるし、四つのボタンを六千ドルで売ったこともある。ウィンザー公爵夫人、エリザベス女王、ミス・ベティ・デイヴィス（米国の大物映画女優）に売ったこともある。五つの国にある九館の博物館にボタンの寄贈もしてきた。わたしが出所を特定できないボタンを見せられる人物はいないと絶対の自信があったが、あんたは見せたな。どこで手に入れた？」

「結構です」ぼくは言った。「話を聞きましたよ、今度はあなたが聞く番です。ぼくはこの世のだれよりもボタンについて詳しくありません。それでも、捜査中の事件絡みで、このオーバーオールがどこから来たのかを知る必要があるんです。オーバーオールは既製品でどこでも売っている品なので追跡はできませんが、このボタンは既製品ではありませんから追跡可能かもしれない。このボタンの出所を見つけだそうとしているのは、そういう事情です。どうやら、答えは教えてもらえなさそうですね」

「たしかに、教えられないな」

「わかりました。あなたは変わったボタンや珍しいボタンのことをよく知っているようですね。普通の商業用ボタンについても詳しいですか？」

「どんなボタンにも詳しいぞ！」

「それでも、こんなボタンは今まで見たことがないし、聞いたこともない？」

「まあな！　それは認める」

「そうですか」ぼくはポケットの財布に手を伸ばし、二十ドル札を五枚抜いてテーブルに置いた。

「質問への答えはもらえませんでしたが、とても助かりました。このボタンが機械で製造された可能性はありますか？」

「ない。不可能だ。だれかが一つ一つ何時間もかけて作っている。見たことのない技術だ」

「なにから作られていますか？　素材は？」

「特定は難しいかもしれないな。少し時間が必要になるだろう。明日の午後には答えられる可能性もある」

「そんなに長くは待てないんです」ぼくはオーバーオールに手を伸ばした。が、じいさんは離さなかった。

「金よりこのボタンがほしい。一つだけでも。四個全部は必要ないだろう」

ぼくはオーバーオールを力ずくで取り返さなければならなかった。紙袋にしまい、立ちあがる。

「おかげで多くの時間と手間が節約できました」と挨拶する。「いずれお礼をしたいと思っています。このボタンが不要になることがあったら、一つかそれ以上をあなたの収集品に寄付しましょう。そして、出所もお教えします。そうなることを願ってます」

そこから引きあげて外に出るまでは五分かかった。失礼なまねをしたくなかったのだ。あのじいさんはおそらくアメリカでたった一人のボタンマニアだろう。昼食前に巡り会えただけでも幸運だ。

ビルから出ていくとき、ぼくの頭では昼食問題が渦巻いていた。時間は十二時十分。ネイサン・ハーシュの昼食は早めなのか、遅めなのか。歩けば十二分の距離だ、電話の手間は省こう。今回も幸運だった。四十三丁目のビルの十階にあるハーシュ研究所の受付室に入ったとき、ハーシュ本人が外出のため奥から出てきた。ネロ・ウルフからの急ぎの用事があると伝えたところ、ハーシュは廊下を進んでぼくを自室に通した。数年前、ウルフのある事件に関して法廷で証言して名前が売れたのだが、それはちっとも商売の差し障りになっていなかった。

ぼくはオーバーオールを見せた。「簡単な質問が一つ。このボタン、なにでできてるかな?」

ハーシュは机から虫眼鏡をとってきて、ボタンの一つを観察した。「簡単には答えられない」という返事だった。「周りにあれこれあるからな。馬の毛みたいだが、確実なところはボタンを一つ割ってみないといけない」

「どれぐらいかかる?」

「二十分から五時間の間」

ぼくは早ければ早いほど助かると言った。ハーシュはこちらの電話番号を知っていた。

三十五丁目に着いて家に入ると、ちょうどウルフが廊下を横切って食堂に入るところだった。テーブルで仕事の話は御法度なので、ウルフは戸口で立ち止まって声をかけてきた。「うまくいったか?」

「ここまでは上々です」ぼくは答えた。「それどころか、満点です。ボタンにかけてはあなたの美食の知識にひけをとらない専門家が、あんなボタンは一度も見たことがないと言ってました。一つ一つに何時間もかけた手作りだろうと。材質については答えに行き詰まったので、ハーシュに持ちこみました。午後には連絡があります」

ウルフは見事だと言って、テーブルに進んだ。ぼくは食卓につく前に手を洗いにいった。人類はすばらしい装置をあんなにたくさん作りあげてきたのだから、ウルフとぼくにとりつけて、ウルフがぼくを怒らせる回数が多いのか、その逆なのかを計測できるものがあるかもしれない。が、ぼくらは入手していないので、答えはわからない。待つ以外どうしようもないときがあるのは承知しているが、問題はどのように待つかだ。その日の昼食後の事務所で、ウルフがホンジュラスの蘭採取者への長い手紙を口述している最中に、ぼくは数分おきに腕時計を見やってウルフを怒らせた。ウルフはジョン・スタインベック作『チャーリーとの旅』をお供にすっかりくつろいで引きこもり、ぼくを怒らせた。仕事があるのに、なんなんだ。読書をしなけりゃならないなら、なんで本棚のリチャード・ヴァルドン作『自分の形』を持ってこないんだ？　どこかになにかの手がかりがあるかもしれないのに。

ハーシュから電話があったのは、午後三時四十三分だった。長たらしい科学用語でややこしくなった場合に備えて、ぼくはノートを用意していたが、ごく普通の言葉だけで数も多くなかった。電話を切って椅子を回したところ、ウルフはちゃんと本から目をあげた。

「馬の毛です」ぼくは告げた。「染料、塗料、その他一切なし。混じりけのない、ただの白い馬の毛」

ウルフは唸った。「明日の新聞に広告を出す時間はあるか？『タイムズ』、『ニューズ』、『ガゼット』だ」

「『タイムズ』と『ニューズ』はたぶん大丈夫だと思います。『ガゼット』は大丈夫です」

「ノートを。横二段、四インチ程度。行頭、数字で『一〇〇ドル』三十ポイントもしくはそれ以上の大きさで肉太活字。その下は大きさ十四ポイント、やはり肉太活字。『現金払いで制作者もしくは出所の情報求む、コンマ、手作りの白い馬の毛製衣服用ボタンで大きさ形状問わず、ピリオド。当方の尋ね人は、コンマ、当該ボタンを制作可能な人物ではなく、コンマ、実際に制作した人物、ピリオド。百ドルは最初の情報提供者のみに支払い』末尾にわたしの名前、住所、電話番号」

「肉太活字ですか？」

「いや、標準の太さ《ウェート》で、幅狭《コンデンス》」

ぼくは体の向きを変えて、タイプライターに手を伸ばした。ウルフがこの計画を立てたのは手紙の口述をしているときか、『チャーリーとの旅』を読んでいるときか。そこをはっきりさせられるなら、ポリエステルのボタン一ダースを支払う気分だった。

第四章

西三十五丁目にある古い褐色砂岩の家の規則は、もちろんウルフによって制定された。家の所有者だからだ。ただ、午前の日課に変更が加えられるのは、だいたいぼくのせいだ。ウルフは自分の個人的時間割をしっかり守る。午前八時十五分、二階の自室でフリッツが盆で運んでくる朝食をとる。九時にはエレベーターで植物室にあがり、十一時に事務所へおりてくる。ぼくの時間割は事態の動き具合と、何時に寝たかによる。ぼくはまるまる八時間横になっている必要があるので、夜はそれに合わせてベッド脇のテーブルにある目覚まし時計を調整する。水曜日の夜、ぼくは友人と劇場からフラミンゴ・クラブに行き、帰宅は一時過ぎだったので、目覚ましの針は九時半に合わせた。

ところが、木曜の朝ぼくを起こしたのは時計にスイッチを入れられたラジオではなかった。そのとき、ぼくは目をぎゅっとつむって、いったいなにがどうなっているのか理解しようとした。電話じゃない。この部屋の外線は切っておいた。どっちにしても、そこまでうるさくない。蜂だ。なんだって真夜中の西三十五丁目あたりを蜂が飛び回ってるんだ？　いや、夜は明けているのかな。無理やり目を開けて、時計に焦点を結んだ。九時六分前。内線電話だ、決まってるじゃないか。どうかしてるぞ。寝返りを打って、手を伸ばした。

「アーチー・グッドウィンの部屋です。こちらはグッドウィンさんです」

「悪いね、アーチー」内線電話はフリッツからだった。「でも、どうしてもって言うんだよ――」

「だれが？」

「電話をかけてきた女の人だ。ボタンがどうとか。向こうの言い分じゃ――」

「わかった。出るよ」ぼくは音をたてて外線のスイッチを切り替え、受話器をとった。「お電話代わりました、アーチー・グッドウィンですが――」

「ネロ・ウルフと話したいの、急いでるんだけど！」

「ウルフさんは出られません。広告の件でしたら――」

「そう。『ニューズ』紙で見た。そういうボタンを知ってて、一番になりたい――」

「一番ですよ。お名前は？」

「ベアトリス・エップス。E、P、P、S。一番なのね？」

「条件を満たせば、一番です。ミセスですか、ミスですか？」

「ミス・ベアトリス・エップス。今、話はできなくて――」

「どちらからかけていますか、ミス・エップス？」

「グランド・セントラル駅の電話ボックス。出勤途中で、九時には着かなきゃいけないの。だから、今は話せないけど一番を確保したくて」

「そうでしたか。よくわかりますよ。お勤め先はどこですか？」

「チャニン・ビルのクイン・アンド・コリンズ。不動産業。でも、勤め先には来ないで。いい顔されないから。昼休みにもう一度電話します」

「時間は？」

「十二時半」

「わかりました。十二時半にチャニン・ビルの新聞売り場にいます。昼食をごちそうしますよ。ぼくは上着のボタン穴に蘭を差しています。白と緑の小さな花です。百ドルは――」

「遅刻します、行かなくちゃ。じゃ、あとで」電話は切れた。ぼくはぱたりと枕に頭を預けたが、起床時間がせまっていてもう三十分寝たところで足しにならないと悟り、体の向きを変えて床に足をおろした。

午前十時。ぼくは厨房で自分用の朝食のテーブルについていた。乳酸発酵させた牛乳入りのパンケーキに、バターを塗って黒砂糖を振りかける。目の前の状差しには『タイムズ』紙が入っていた。横に立っていたフリッツが訊いた。「シナモンは要らないのかい？」

「要らない」ぼくはきっぱり断った。「あれは媚薬だって」

「じゃあ、きみにとってシナモンは――どういうものだい？　石炭をどこかに運ぶ感じかい？」

「間に合ってる。それが問題なんじゃないよ。まあ、親切のつもりなんだろうから、ありがとう」

「いつだって親切のつもりだ」ぼくが二口目を食べるのを見て、フリッツはガスコンロの前に戻って、次のパンケーキを焼きはじめた。「広告を見たよ。スーツケースで持ち帰ってきた、きみの机の上の赤ん坊の服なんかも見た。探偵にとって最も危険な事件は誘拐事件だって聞いたことがあるけど」

「かもしれないし、ちがうかもしれない。場合によるね」

「ウルフさんとずっと過ごしてきたが、これまで手がけた事件のなかではじめての誘拐だね」

ぼくはコーヒーを飲んだ。「またはじまった。回りくどいな、フリッツ。訊けばいいんだよ、誘拐事件かって。そうしたら、ちがうって答える。ちがうからね。もちろん、赤ん坊の服でそう思ったんだろう。ここだけの話で、絶対に内緒なんだが、赤ん坊の服はウルフさんのなんだよ。赤ちゃんがいつここに来るのかはまだ決まってない。母親は来ないんじゃないかと思うな。ただ、料理の腕はいい人だから、もしそっちが長期の休暇をとることがあれば——」

フリッツはパンケーキを持ってきていた。ぼくはトマトとライムのマーマレードに手を伸ばした。これならバターは要らない。「きみは本当の友達だよ、アーチー」フリッツが言った。

「これ以上ない真の友だよ」

「まったくだ。教えてくれて嬉しいよ、荷物をまとめられる。男の子か？」

「ああ、ウルフさんに似てる」

「そりゃ結構だ。このあと、どうするつもりかわかるかい？」フリッツはコンロに戻って、フライ返しを振り回した。「手当たり次第にシナモンを入れてやる！」

ぼくは不賛成を表明し、論戦となった。

ウルフがおりてくるのを待って事態の進展を報告する代わりに、ぼくは事務所での朝の日課——郵便を開封して、埃を払い、ゴミ箱を空にして、卓上カレンダーから一枚破りとり、ウルフの机の上にある花瓶に新鮮な水を入れる——を片づけたあと、三階分の階段をのぼって植物室へあがった。六月は蒐集《しゅうしゅう》した蘭の鑑賞に最高の時期じゃない。ウルフの栽培するたぐいの蘭で、二百種類以上もある場合は特にそうだ。最初の熱帯室では、少しばかりまだらに咲いている程度でしかなかった。次の中温室では、多少色鮮やかだが、それでも三月とは比べものにならない。三番目の低温室では、さらに花は多くなったが、そんなに華やかじゃなかった。一番奥の鉢植え室で、ウルフはセオドア・ホルストマンと一緒に花台で偽鱗茎《ぎりんけい》の節《せつ》を調べていた。ぼくが近づいていくと、ウルフは頭を回して怒鳴った。「なんだ?」植物室に邪魔が入るのは緊急事態だけとされているのだ。

「急ぎではありません」ぼくは言った。「シプリペディウム・ローレンセアヌム・ハイアヌムを一輪もらうと言いにきただけです。上着にさすために。ボタンの件で電話をくれた女性がいて、十二時三十分に会うときの目印にします」

「何時に事務所を出る?」

「十二時少し前です。途中で銀行によって、小切手を預け入れてきます」

「結構だ」ウルフは観察を再開した。忙しすぎて質問をする気がないのだ。ぼくは鉢植え室を出て花を摘み、事務所へ向かった。ウルフは十一時におりてきて逐語的な報告を求め、聞いたうえで一つ質問した。「その女の見こみはどうなんだ?」ぼくは、あてずっぽうならだれがやっても同じだし本当に情報を持っている可能性は十に一つだと答え、少し早めに出てハーシュからオーバーオールを回収して持参したほうがいいだろうと付け加えた。ウルフも賛成した。

というわけで、案内板でクイン・アンド・コリンズ社が九階にあることを確認して、約束より少し早くチャニン・ビルのロビーにある新聞売り場の近くで立ち位置を決めたときには、ぼくは紙袋をさげていた。こんなふうに通行人の顔を見ながら待つのは、待つといっても話がちがう。男性女性、老人と若者、しっかりしている人、だらしない人が行き交う。そのうちの半分くらいは、医者か弁護士か探偵を必要としているようにみえた。ぼくの前で顎をちょっとあげて立ち止まった女性もそうだった。「ミス・エップスですか?」声をかけたところ、相手は頷いた。

「アーチー・グッドウィンです。下の階へ行きましょうか。席を予約してあります」

ミス・エップスは首を振った。「食事はいつも一人なので」

ぼくは公平な立場でいたかった。ただ、こう断っておくのも公平だ。ミス・エップスは昼食に誘われることがあったとしても、ごく稀だっただろう。平べったい鼻で、顎は必要な量の二倍あった。年齢は三十から五十の間。「ここでも話せるでしょう」ミス・エップスは続けた。

「まあ、ここではじめることはできます」ぼくは認めた。「白い馬の毛のボタンについて、どんなことをご存じですか？」

「見たことがあります。ただし、話す前に……お金を払うって、どうやって保証するわけ？」

「保証しようがないですね」ぼくはミス・エップスの肘に触って脇へ寄り、人の流れから離れた。「でも、自分では払うとわかってますので」名刺入れから一枚とりだし、手渡す。「こちらとしては当然、話の内容を確認する必要があります。実際に有益な話でなくてはなりませんから。白い馬の毛でボタンを作る人を知っているけれどもシンガポール在住で死んだ、なんて話もできますしね」

「シンガポールに行ったことはないです。そんな話じゃありません」

「それはよかった。どんな話です？」

「ここで見たんです。このビルの中で」

「いつ？」

「去年の夏」ミス・エップスはためらったが、続けた。「休暇中の人の代替要員として、事務所で一か月間働いていた若い女性がいたんです。ある日、その人のブラウスのボタンが目についた。そんなボタンはじめて見たって声をかけたら、めったにないはずだって言われました。どこで手に入れられるのか訊いたら、売り物じゃないそうなんです。馬の毛を使った叔母さんのお手製で、一個作るのに一日かかるんですって。だから売ってるわけじゃなくて、ただの趣味らしいです」

「ボタンは白かったんですか？」

「はい」

「ブラウスには何個ついてましたか？」

「さあ。五個だったと思います」

オーバーオールは見せないほうがいいだろうとハーシュの研究室で思い直していて、ぼくはボタンの一つ、まだ無傷な三個のうちの一つを切りとっておいた。それをポケットから出して、差し出す。

「こんなのでしたか？」

ミス・エップスは念入りに確認した。「そっくり、覚えている限りでは大きさも。ただ、もちろん一年近く前のことだから」

ぼくはボタンを回収した。「有益そうなお話ですね、ミス・エップス。その若い女性の名前は？」

ミス・エップスは二の足を踏んだ。「話さなきゃいけないんでしょうね」

「そこは譲れませんね」

「面倒に巻きこみたくないんです。ネロ・ウルフは探偵だし、あなたもそうでしょ」

「本人がまいた種じゃない限り、ぼくはだれも面倒には巻きこみたくありませんよ。いずれにしても、ここまでのお話から確実にその女性は見つけます。名前は？」

「テンザー。アン・テンザー」

「叔母さんの名前は？」

「さあ。言われなかったし、訊きませんでした」

「去年の夏以降、会いましたか？」

「会ってません」

「クイン・アンド・コリンズ社は業者を通じてその人を雇ったんですか、どうでしょう?」

「はい。業者からでした。臨時雇用代行《ストップギャップ・エンプロイメント・》サービス社です」

「その人の年齢は?」

「ええと……三十にはなってません」

「既婚者ですか?」

「いいえ。わたしの知っている限りでは」

「外見はどんな感じ?」

「背格好はわたしくらい。金髪で……じゃなくても、去年の夏は金髪でした。とっても魅力的だと自分で思っていて、わたしもそうだと思います。あなたもきっとそう思うでしょうね」

「判定は会ったときに。もちろん、あなたの名前は出しません」ぼくは札入れを出した。「ウルフさんからの指示では、情報の裏づけがとれるまで支払いは控えろとのことでしたが、ウルフさんはあなたと会って話をしているわけじゃないですし、ぼくは直接話を聞いたので」二十ドル札二枚と十ドル札一枚を出す。「半金です。このことはだれにも話さないという了解つきです。舌の管理はできるという印象を受けましたが」

「できます」

「だれにも一切話さないでください。いいですね?」

「話しません」ミス・エップスは札をバッグにしまった。「残りはいつ受けとれますか?」

「早々に。もう一度会ってもらうかもしれませんが、その必要がなければ郵送します。自宅の住所と電話番号を教えてもらえれば、ですが」

ミス・エップスは、西百六十九丁目だと教えてくれた。そして、なにか付け加えようとして思いとどまり、背を向けた。ぼくはビルの出入口に向かうミス・エップスを見送った。弾んだ足どりではなかった。女性の顔と歩きかたの関係については、本なら一章分が要るだろう。ぼくは自分では絶対に書かないが。

下の階のレストランで席を予約してあったので、ぼくはその店に入ってテーブルにつき、フリッツが決して作らないクラムチャウダーを一人分注文した。朝食が遅かったせいで、その程度しか食べたくなかった。途中で電話帳の確認をすませていて、ストップギャップ・エンプロイメント・サービス社の住所はわかっていた。レキシントン・アベニュー四九三番地。だが、接触するならよく考えなければならない。理由は二つ。

一．業者は従業員の住所に関しては慎重な態度をとる。

二．アン・テンザーが赤ん坊の母親だったら、慎重に対処する必要がある。

ウルフに電話はかけないことにした。ぼくがお使いで外出しているときには、自分の経験値に培われた知性（ウルフの表現による）を活用するのが了解事項だ。つまり、ぼくの知性で、ウルフの知性じゃない。

そんなわけで二時少し過ぎ、ぼくは特選新案ボタン社の受付で腰をおろし、電話を待っていた。というよりは、電話がくることを願っていた。ボタンマニアのニコラス・ローセフが机でサラミ、黒パン、チーズ、ピクルスを食べている間に、協定が結ばれていたのだ。ニコラスが手に入れるのは、ぼくがオーバーオールからはずしたボタンと、事情が許せばその出所を教えるという固い約束だった。ぼくが手に入れるのは、そこから電話をかけてどんなに長くかかっても折り返しがくるまで待っていという約束と、必要であれば面談のために事務室を使用する権利だった。電話をかけた先は、ストップギャップ・エンプロイメント・サービス社だった。かなりの時間を潰さなければならないかもしれないと最初からわかっていたので、寄り道をして、雑誌を四冊、ペーパーバックを二冊買っておいた。ペーパーバックの一冊は、リチャード・ヴァルドン作『自分の形』だった。

『自分の形』は手つかずとなった一方、雑誌は大活躍し、もう一冊のペーパーバック、南北戦争についての作品集を半分ほど読み進んだ午後五時十五分、電話が鳴った。水曜日には説明をする前に訪問の目的を汲みとった女性が机の椅子を譲ってくれたが、ぼくは近くまで移動したものの、立ったまま手前から受話器をとった。

「グッドウィンです」

「アン・テンザーと申します。特選新案ボタン社に電話をしてグッドウィンさんに連絡するようにとの伝言を受けとったのですが」

「ありがとうございます。ぼくがグッドウィンです」アンの声がいかにも女らしかったので、ぼくはいかにも男らしい声で応じた。「ぜひお会いして、差し支えなければ少々情報を教えてもらいたいのです。ある種のボタンについてご存じなのではないかと思いまして」

「わたしがですか？　ボタンのことはなにも知りませんが」

「ある特別なボタンについて情報をお持ちではないかと。白い馬の毛を使った手芸品なのですが」

「ああ」間《ま》があった。「あの、いったいどうして……そちらで手に入れたということですか?」

「はい。失礼ですが、今どちらに?」

「マディソン・アベニューと四十九丁目の角にある電話ボックスです」

アンの声から判断すると、ぼくの声は及第点をもらったようだ。「では、街の反対側にある三十九丁目のこの事務所まで来てもらうのはなんですから、〈チャーチル・ホテル〉のロビーではどうでしょう? そこから近いですよね。こちらは二十分で到着できます。飲みながら、ボタンについての話ができます」

「そちらがボタンについて話をされるんですよね」

「いいですとも。得意分野です。〈チャーチル〉の〈ブルー・アルコーブ〉はご存じですか?」

「はい」

「そこに二十分で向かいます。ぼくは無帽で、紙袋を持っています。襟には白と緑の蘭をさしていますので」

「まさか。男性は蘭をつけたりしないでしょう」

「つけますよ、なおかつぼくは男性です。気になりますか?」

「そこはお会いしてからで」

「その意気です。では、今から出ます」

第五章

〈チャーチル・ホテル〉にある〈アドミラルティ・バー〉の壁際のテーブルはあまり明るくなかったが、ロビーは充分明るかった。ベアトリス・エップスの話のとおりで、アン・テンザーはベアトリスと似た背格好だったが、似ているのはそこまでだった。ミス・テンザーは、リチャード・ヴァルドンを含めた一定割合の男性に種の繁栄のため重要な要素となる反応をいかにも引き起こしそうだった。しかも、そんな男性は一人ではなかっただろう。まだ金髪だったが、ことさらに見せびらかしてはいなかった。そんな必要はなかったのだ。無頓着な様子で、ブラッディ・マリーを飲んでいた。

ボタンの問題は十分で片づいていた。特選新案ボタン社は特異な珍しいボタンを専門としている、昔の派遣先の社員がアンのブラウスのボタンに目を留めた、そこから白い馬の毛を使った手芸品だったとの情報が入った、こう説明した。アンはそのとおりだと答え、叔母が趣味として何年も前から作っていて、誕生日の贈り物に六個もらったと言った。ボタンは今も手元にあり、五個はまだブラウスで使っているし、もう一個はどこかにしまってあるらしい。ぼくも持っていると電話で話したことに、アンは触れなかった。叔母さんは売る気になりそうな余分なボタンを持っているだろうかと尋ねたところ、わからないがそんなにたくさんは持っていないと思う、一個作るのに丸一日かかるから、という返事だった。問い合わせのため叔母さんに会いにいってみてもいいかと確認すると、アンはもちろんかまわないと言って、名前と住所を教えてくれた。ミス・エレン・テンザー、ニューヨーク州マホーパック地方集配路線二。それから、電話番号も。

ボタンの出所である叔母さんの居場所がわかったので、姪には危険な近道を試してみることにした。危ない橋なのはたしかだが、ぐっと物事の整理がつくかもしれない。ぼくは立派な男らしい笑顔をアンに向けた。「少し話していないこともあるんですよ、ミス・テンザー。ぼくはボタンの話を聞いただけではなく、見たことがありますし、持ってもいるんです」紙袋をテーブルに置き、オーバーオールを引っ張り出す。「この服に四個ついていたんです。ただ、二個は調べるためにはずしましたら」

アンの反応で片がついた。アンに出産経験がないことや、ルーシー・ヴァルドンのポーチへの捨て子騒動に無関係なことが証明されたわけではない。ただ、仮に赤ん坊を置き去りにしたとしても、その子が白い馬の毛のボタンのついた青いオーバーオールを着ていたことは知らなかったのだ。そこははっきり証明された。ま、実行犯なら知らないなんてないだろうが。

アンはオーバーオールを手にとって、ボタンを眺めた。そして、ぼくに返した。「たしかに、エレン叔母さんのボタンです」アンは言った。「そうじゃなければ、すごくよくできた模倣品です。どこかの派遣先でわたしがこれを着ていたという情報が入ったなんて言わないでくださいね。サイズが合わないでしょう」

「それはそうです」ぼくも認めた。「あなたにはとても親切にしてもらいましたし、おもしろいかなと思ったのでお見せしたまでです。もし興味があるなら、どこで手に入れたかも説明しますが」

アンは首を振った。「結構です。わたしのたくさんある短所の一つなんですけど、関係のないことにはまったく興味がないの。つまり、自分に関係のないことね。たぶん、あなたもそうなんでしょう。ボタンにしか興味がないとか。もうボタンについては充分じゃありません？」

「たしかに」ぼくはオーバーオールを袋に戻した。「ぼくもあなたと同じで、自分に関係することにしか興味がありません。今はあなたに興味があります。どんなお仕事をされてるんですか？」

「そうですね、かなり特別です。有能を絵に描いたみたいな秘書。個人秘書が結婚したり、休暇をとったり、上司の奥さんに解雇されたりして、適当な人材が見あたらないときが出番です。秘書はいるんですか？」

「もちろん。八十歳で、絶対に休暇をとらないし、結婚の申しこみは全部断るし、辞めさせたがる妻はいません。ご結婚は？」

「してません。一年間は夫がいたんですけど、それでも長すぎで。あたって砕けたから、もう二度とあたらないつもり」

「企業の幹部の秘書業務ですか、もしかして型にはまっているのでは。ちょっと変化があってもいいのかな。科学者とか、大学の学長とか、作家とか。有名な作家のところで働くのはおもしろいかもしれませんよ。やってみようと思ったことはないんですか？」

「ええ、ないですね。そういう人には専属の秘書がいるでしょうし」

「たしかに」

「心あたりでもあるんですか？」

「ボタンについての本を書いた人を知ってますが、あまり有名じゃありません。お代わりを頼みましょうか？」

アンは乗り気だった。ぼくは乗り気ではなかったが、口には出さなかった。今のところこれ以上の収穫は望めないし、気がせいていたが、アンはいずれ役に立つかもしれない。どのみち、ぼくに好印象を与えているという印象をアンに与えてきたのだから、今さら約束に遅れていることを急に思い出して帰るわけにもいかなかった。仮にもう一つ理由が必要なら、さらにどのみち。アンは見た目も話しかたもいい感じだった。知性が経験値で培われるものならば、経験だって必要だ。夕食にも誘ったら承知してもらえそうな雰囲気ではあったものの、そうなれば一晩中付き合うことになるし、ルーシー・ヴァルドンには最低でも二十ドルの出費になってしまう。

七時過ぎに家に着き、事務所に入ったところで、ぼくはウルフに謝らなければいけないと気づいた。ウルフは『自分の形』を読んでいたのだ。夕食の時間が近いせいだろう、段落の終わりまで読み通して栞を挟み、本を置いた。書棚に入れる本は絶対に頁を折らない。ちなみに、途中まで栞を使っていたのに、そのうち頁を折りはじめる本を、ぼくは何度も見てきている。

ウルフの顔が質問していたので、ぼくは答えた。どうしてもというときにしか、逐語的な報告は求められない。なので、事実だけを伝えたが、もちろんオーバーオールに対するアン・テンザーの反応も含めた。報告が終わると、ウルフは、「見事だ」と言った。さらに、それだけでは不充分だったと気づいて、付け加えた。「実に見事だ」

「はい」ぼくは賛成した。「昇給すればありがたいです」

「それはそうだろう。ミス・テンザーが広告を見ていて、きみの芝居を承知のうえで欺いている可能性も、当然考慮に入れたのだろうな」

ぼくは頷いた。「ミス・テンザーは広告を見ていません、賭け率はいくらでもかまいませんよ。ミス・テンザーは探りを入れてきたわけじゃありませんでしたし、ばかでもありません」

「マホーパックはどこにある?」

「六十マイル北、パトナム郡です。厨房で手っ取り早くなにか口に入れれば、今夜九時には到着できます」

「必要ない。明日の朝でいい。きみは衝動的だ」ウルフは壁の時計を見やった。フリッツがいつ夕食を知らせにきてもおかしくない。「今、ソールをつかまえられるか?」

「どうしてですか?」ぼくは追及した。「昇給しなかったら辞めるとは言いませんでしたよ。ありがたいと言っただけです」

ウルフは唸った。「わたしは、『それはそうだろう』と答えた。きみには明朝、マホーパックに行ってもらう。その間に、ソールには姪であるミス・テンザーの一月の動静を調べさせる。出産は可能だったのか? きみはしていないという意見だが、念には念を入れるだけだ。ソールなら――」ウルフは振り返った。フリッツが戸口にいた。

ソールの名前が出たので、ここで紹介しておいたほうがいいだろう。応援が必要なときにぼくらが使う三人のフリーランス探偵のなかで、ソール・パンザーはぴか一だ。首都圏内の探偵全員を含めても、やはりぴか一だ。だからこそ、時給十ドルなのに引き受ける仕事の五倍の申しこみがある。万が一にも探偵が必要になって、二番目に優秀な探偵で事足りる場合には、できたらソールに頼むといい。最優秀のネロ・ウルフでは、一分につき十ドルかかる羽目になりそうなので。

というわけで、たとえ六月初めでも心が弾むほどすっきりした快晴の金曜日の朝、所有者ウルフで使用者ぼくのヘロンのセダンに乗って、ソウミル・リバー・パークウェイを走っていたときには、後《こう》顧《こ》の憂いはまったくなかった。アン・テンザーを調べているのはソールだからだ。必要とあれば、一月十七日にアンがどこで何時に昼食をとったかも突きとめられる。関係者の記憶の有無は関係ない。だれかの好奇心をかき立てることも、騒動を起こすこともない。無理な話に聞こえるし、実際に無理な話なのだが、ソールは間違いなく予知能力者かなにかなのだ。

マホーパックの端にあるガソリンスタンドにヘロンを乗り入れて停車したのが、午前十時三十五分だった。ぼくは車から降りて、客のフロントガラスを拭いている男に近寄り、ミス・エレン・テンザーの家の場所を知っているかと訊いてみた。男は、知らないが上司は知っているかもしれないと答えた。そこで建物に入り、年齢が雇われ店員の半分くらいの上司を見つけた。上司はエレン・テンザーの住まいを正確に知っていて、道を教えてくれた。口ぶりや態度からすると、この上司が知らないことは事実上ないに等しいようで、エレンについての質問にもきっと答えられただろう。それでも、訊きはしなかった。質問を本当に必要なことだけに限るのはよい習慣だ。

ぼくが絶対に書かない本の別の一章は、道案内の方法となるだろう。教会で右に曲がるのはいい。ただ、一マイルくらいで教えてもらっていない分かれ道に出た。車を停め、二十五セント硬貨を引っ張り出してみたら裏だったので、左へ進んだ。その方法ならあてずっぽうの責任はとらなくていい。硬貨は正しかった。さらに一マイルほど進むと教えてもらった橋に出て、さらに進むと突きあたりになって右折した。そのあとすぐ舗装道路ではなくなり、森の間の上り勾配の砂利道を曲がりながら進んだ。半マイルで左側に目的の家の郵便箱があった。わだちのある狭い私道に曲がり、木にぶつからないよう落ち着いて走り、白い馬の毛のボタンの出所に到着した。車を降りるとき、オーバーオールの入った紙袋はグローブボックスに置いていった。必要となるかもしれないし、ならないかもしれない。

　周囲をざっと確認した。四方は森だ。ぼくの趣味からすると、木が多すぎるし家に近すぎる。開けた敷地は長さ六十歩、幅四十歩しかない。砂利を敷いた車回しも最低限の広さだ。一台用車庫の水平押し上げ《オーバーヘッド》式の扉は開いたままで、ランブラーのセダンが駐まっていた。車庫とつながっている平屋は、溝の入った壁板が水平ではなく縦に張ってあって、白く塗られていた。塗装はきれいで新しく、花壇も含めて、どこもかしこもきちんと整っていた。ぼくはドアに向かったが、たどり着く前に開いた。

　帽子をかぶっていなくて不都合なのは、こぎれいな中年女性に会ったときに脱いで挨拶できないことだ。いや、中年より老年に近いかもしれないが、灰色の髪はきれいに頭頂部でまとめられ、灰色の目は澄んで生き生きしていた。ぼくは声をかけた。「ミス・エレン・テンザーですか？」女性は頷いた。「そうですが」

「アーチー・グッドウィンといいます。お電話しておくべきだったとは思うのですが、こんな天気のいい日に田舎を車で走る口実があって嬉しかったものですから。ボタンを商売にしているものですが、ある意味であなたも……いえ、商売ではありませんでしたね。あなたの作る馬の毛のボタンに興味がありまして。入ってもよろしいでしょうか？」

「わたしのボタンになぜ興味があるんですか？」

　わずかな違和感を抱いた。この場合、なぜわたしが馬の毛のボタンを作ることを知っているのですか、とか、わたしが馬の毛のボタンを作るとだれから聞いたのですか、と言うのがより自然だろう。

「それはですね」ぼくは答えた。「芸術性に惹かれたふりをしたら好意を持ってもらえるのはわかっているのですが、さっき話したとおり、ぼくはボタンを商売にしておりまして、特色あるものを専門にしています。相当の金額を現金でお支払いしたら、少々譲っていただけないかと考えた次第です」

エレンの視線がヘロンに移り、ぼくに戻ってきた。「少ししかありません。十七個だけです」

ぼくがどこでボタンのことを耳にしたかについては、やっぱり関心がないようだ。姪と同じで、自分に関係のあることにしか興味がないのかもしれない。「手始めにはそれで結構です」ぼくは言った。「お水を一杯お願いしたら、厚かましいでしょうか?」

「いえ……そんなことは」エレンは戸口からどいて、ぼくを通した。左側にある別のドアへと向かったが、ぼくは進みながら目を活用した。視力はいい。とてもいいので、六ヤード離れた場所からでも見覚えのあるものをちゃんと発見できた——いや、正確にはそっくりなものか。奥にある二つの窓の間に置かれたテーブルの上にあった。おかげでエレン・テンザーに関する限り、計画はすっかり変わった。オーバーオールのボタンは、何年も前にだれかに譲っていた可能性はかなり高かった。いや、十中八九そうだとにらんでいた。今はちがう。やっぱり可能性はあるだろうが、なくはない程度だ。

発見を悟られたくなかったので、エレンを追ってドアに向かい、そこから台所に入った。流しで蛇口から水を出しながら、エレンはコップを満たして、こちらへ差し出した。ぼくは受けとって、飲んだ。「いい水ですね。深い井戸なんですか?」

エレンは答えなかった。たぶん、ぼくの質問が耳に入らなかったのだろう。心の中に自分自身の質問を抱えていたからだ。それを口に出す。「わたしがボタンを作ることを、どうやって突きとめたんですか?」

言葉選びが間違っているし、遅すぎる。もっと早く質問されていれば、テーブルの上のものを発見していなければ、予定していたとおりの返事をしなければならなかっただろう。ぼくはグラスを空け、おろした。「ありがとうございました。おいしい水ですね。突きとめた経緯はちょっと複雑でして、そこはたいした問題ではないかと。少し見せていただけますか？」

「さっき言ったとおり、十七個しかありません」

「わかっています。ですが、差し支えなければ――」

「お名前はなんでしたか？」

「グッドウィン。アーチー・グッドウィンです」

「そうですか。水はおすみのようですから、もうお引きとりください」

「ですが、ミス・テンザー。こちらはボタンのためだけに車で六十マイルも――」

「六百マイルでも関係ありません。ボタンを見せるつもりはありませんし、その話をするつもりもありません」

こっちとしても渡りに船だったが、そうは言わなかった。将来、近い将来だといいが、事態が進展したらボタンについて詳しく話すしかなくなるはずだ。とにかく、もっと情報を仕入れるまでは無理に口を開かせようとするのは間違いだろう。体裁のため少し粘ったが、エレンは聞く耳を持たなかった。ぼくは改めて水の礼を言い、引きあげた。ヘロンの向きを変えて敷地の外へ向かいながら、ぼくは考えていた。車に道具があれば、外が暗ければ、刑務所入りの危険を冒す覚悟があれば、すぐさま電話を盗聴しただろう。

ぼくにすぐさま必要なのは電話だ。教会で右に曲がったあとのガソリンスタンドを通過したとき、外に電話ボックスがあるのを確認していた。エレン・テンザーの家を出て五分と経たないうちに、ぼくはそのボックスにいて、メモを見る必要のない番号を交換手に告げていた。十一時を過ぎているから、たぶんウルフ本人が出るだろう。

出た。「はい？」ウルフは電話にきちんと応答しない。今後も直らないだろう。

「ぼくです。マホーパックの電話ボックスからです。ソールから連絡はありましたか？」

「ない」

「じゃあ、十二時頃でしょう。こちらに寄こしてもらえませんか。姪は後回しでいいです。叔母はあの赤ん坊にオーバーオールを着せた人物を知っています」

「ほほう。本人がそう言ったのか？」

「いいえ。根拠は三つあります。その一、エレン・テンザーは適切な質問をしませんでした。その二、動揺してぼくを追い出しました。その三、昨日の『タイムズ』紙がテーブルに載っていました。ぼくが新聞に気づいたことは、ばれてません。新聞は畳んでありましたし、果物のボウルが置いてありましたが、紙面の一番上には『イエンセン、拒絶』ではじまる見出しがありました。例の広告は同じ面に出ています。ですから、ミス・テンザーは広告を見ています。なのに、ぼくがひょっこり家を訪ねて、手作りしていた馬の毛のボタンに興味があると伝えても、そのことには触れませんでした。ようやく適切な質問にたどり着いたと思ったら、言いかたを間違えました。ボタンを作ったことをどうやって突きとめたのかと訊いたんです。ネロ・ウルフはどうやって広告からこんなに早く結果を手に入れたんだと訊いたも同然です。それから、自分がうまく対応できていないと気づいて、ぼくを追い出しました。一対二十で、エレン・テンザーは母親じゃありません。六十歳じゃないにしても、それに近い年齢なので。ただし、一対四十で、最低でもあの赤ん坊がなにを着ていたかを知っています。ぼくは衝動的ですか?」

「ちがうな。きみはその女をソールに任せたいのか?」

「そうじゃありません。ソールが口を割れるのなら、ぼくにもできます。もう少し情報を仕入れないと、だれが相手でも口を割るのは無理そうです。今この瞬間にエレン・テンザーはだれかに電話をかけているかもしれませんが、そこはどうしようもないです。すぐ引き返して見張るつもりですけどね。電話をかけているなら、だれか来るかもしれませんし、外出するかもしれません。フレッドとオリーを手配してくれれば、二十四時間見張れます。ソールを寄こしてくれますか?」

「わかった」

「ソールには目的地への案内が必要ですし、あなたには鉛筆が必要ですが」

「ある」

「わかりました」ぼくは目的地までの道案内を伝え、分かれ道のことも忘れなかった。「砂利道になってから十分の三マイル進んだところに空き地がありますから、車を駐めて待っていられます。一時間以内に顔を出さなければ、ぼくは近くにはいません。エレン・テンザーが家を出て、ぼくも出ていったことになります。ソールはいったんあなたに電話をかけて、ぼくからの連絡の有無を確認したほうがいいでしょう。まず家まで行って、様子をみることはできます。お客が来ていて、ぼくは窓から頭を突っこんで盗み聞きしようとしているかもしれませんし。なにか提案はありますか?」

「ない。フレッドとオリーは呼んでおく。食事はいつするんだ?」

ぼくはたぶん明日だろうと答えた。ヘロンに戻って乗りこみながら、時間が経てば笑いごとじゃなくなるかもしれないと判断し、大通りに出て食料品店を見つけ、チョコバー、バナナ、牛乳一カートンンを手に入れた。ウルフにそうすると話しておけばよかった。ウルフは食事を抜かすという考えに耐えられないのだ。

引き返しながら、車をどこに駐めようかと思案していた。郵便箱からそんなに遠くない位置に、なんとか木の間に入っていけそうなところは何か所かあった。ただ、エレンが車で出ていくなら、大急ぎで道路に出る必要があるし、反対方向に向かう可能性だってある。砂利道が丘を越えてどこに続いているのかはわかっていなかった。隠れるほど車を森の奥に入れるのはまずい。だったら、便利な場所に駐めたほうがいいだろう。どっちみちエレンはぼくの車を見ているから、真っ昼間に尾行すれば気づかれる。まだ見られていない車でソールが到着するまで、じっとしていてくれるように祈るしかないのだ。郵便箱から百ヤードも離れていない空き地、路肩で充分な広さのある木と木の隙間にヘロンを駐めて、森へと入った。ぼくはインディアンでもボーイスカウトでもないが、仮にエレンが窓から覗いていたとしても、茂みの陰まで進んでいくところを発見されたとは思わない。そこから家はよく見えた。車庫も見えた。

車庫は空っぽだった。

悪態の一つでも必要だった。なので、ぼくは悪態をついた。大声で。この悪態についても、この事態についても、弁解はしない。同じ状況に置かれたら、ぼくはまた同じことをするだろう。エレンを見張るつもりなら、遅かれ早かれ電話のために現場を離れなければならなかった。エレンは考えを巡らせ、電話をかけてから行動計画を立てるはずだ。その間にすぐさま手を打ったのは、一番いいタイミングだっただけでなく、最善の策だった。空っぽの車庫が、最悪だったことをぼくに見せつけるまでは。

そう、ついてなかった。ぼくは木の間を抜けて敷地に入ると、ドアへ進んで強めに叩いた。さっき入ったときには見あたらなかったが、だれかが家にいるかもしれない。三十秒ほど待って、もっと強くドアを叩き、怒鳴った。「だれかいますか？」さらに三十秒待ち、ドアノブを回してみた。鍵がかかっていた。右手に窓が二つあった。そっちへ移動して、試してみた。やっぱり鍵がかかっていた。花壇を踏まないように気をつけながら、家の角を回った。こんなときなのに、われながら行き届いたものだ。そして、大きく開いている窓を見つけた。エレンは慌てて出ていったらしい。窓に触る必要はなかった。片足を突っこんで、尻を窓枠のほうへじりじり動かし、もう片方の足を引き入れるだけでよかった。不法侵入完了。

そこは寝室だった。ぼくは全力で叫んだ。「おおい、家が火事だ！」そして、その場で耳を澄ませた。なんの音もしない。が、念のため、ざっと見て回った。寝室二部屋、風呂場、居間、台所。だれもいなかった。猫の子一匹さえいなかった。

エレンは薬局にアスピリンを買いにいっただけで、すぐに戻ってくるかもしれない。だとしたら、ぼくは覚悟を決めた。家の中にいるところを見つけさせよう。直接対決するのだ。ほぼ確実に、エレンはなんらかの共犯だ。ニューヨーク州法をすっかり暗記しているわけじゃないが、乳児を他人のポーチに捨てることについては法規制があるにちがいない。だから、丘をのぼってくる車の音にわざわざ聞き耳を立てたりはしなかった。

一番可能性の高そうな獲物は手紙か電話番号、うまくいけば日記があるかもしれない。そこで、居間からとりかかった。『タイムズ』は、果物のボウルを載せられてテーブルに置きっぱなしになっていた。広告を切り抜いたかと広げてみる。そのままだった。机はなかったが、テーブルに引き出しがついていた。部屋の隅にある電話台にも引き出しが三つあった。そこの引き出しの一つには、半ダースほど電話番号の書かれたカードがあったが、どれも近所のものだった。手紙はどこからも出てこなかった。壁の一面には本棚が複数あった。本が入っていたり、雑誌や小間物が並んだりしている。本を細かく調べるのには時間がかかるから後回しにすると決め、明らかにエレンの部屋と思われる寝室へ移動した。

　ぴんときたのは、その部屋だった。書き物机の一番下の引き出し。簡易調査はあくまで簡易なのであやうく見逃すところだったが、引き出しの底、冬物のナイトガウンの下にあった。というか、複数あった。一つではない、二つ。青のコーデュロイのオーバーオールが二着。それぞれに白い馬の毛のボタンが四つついていた。ヘロンのグローブボックスに入っているものと同じ大きさだ。赤ん坊の服を見てこんなに喜ぶことがあるなんて、一週間前のぼくなら思いもしなかっただろう。まるまる一分間うっとり眺めたあとで引き出しに戻し、物入れの扉を開けにいった。もっと獲物がほしかった。

　最終的にもっと獲物は手に入ったが、物入れからではなかった。厳密に言うと家からですらなく、地下の物置室だ。灯油ボイラーを置くだけのただの穴蔵ではなく、ちゃんとした造りだった。ボイラー用に仕切られた空間があり、残りがいわゆる地下室で缶の並んだ戸棚や棚があった。ワインの瓶の置き棚《ラック》まであった。隅の壁には金属製の部品が立てかけてあって、組み立てるまでもなくベビーベッドだとわかった。それに、スーツケースが三つと大型荷物入れ《トランク》も二つあった。トランクの一つには、おむつ、おむつカバー、よだれかけ、ガラガラ、風船（膨らませていない）、シャツ、Tシャツ、セーター、その他いろいろな衣服や雑貨が入っていた。

　ベビー服への欲求は充分に満たされたし、家にはまだ一人きりだったので、居間からもう一度調べてみた。赤ん坊がどこから来ただれなのか、手がかりがどこかになにかあるはずだ。が、なかった。それからの一時間半については、見つけられないと思われているものの探しかたを心得ているぼくが家を徹底的に調べた、と言うだけにしておこう。一つ残らず元どおりにしておくには余計な時間がかかるが、ちゃんと戻した。終わったときの収穫は、寝室の引き出しにあった手紙や封筒の名前と住所、電話番号が数人分だけで、どれもこれも期待は持てそうになかった。

腹が減った。この家に招待されているわけではないから、台所から失敬するのは礼を欠くだろう。それに、午後二時四十分なので、しばらく前にソールは到着しているはずだ。そこで、ぼくは入ってきた窓から出ていき、私道を通って道路に出ると、右へ向かった。曲がり角を抜けると、道路脇の空き地にソールの車が駐まっていた。ぼくを見ると、ソールは座席に倒れかかり、車まで近づいたときにはいびきをかいていた。ソールはあまり目を引く顔じゃない。大きな鼻、えらの張った顎、さがり気味の太い眉。口を開けていびきをかいている姿は見物《みもの》だった。ぼくは開いた窓から手を伸ばして鼻をひねった。と、百万分の一秒でソールはぼくの手首をつかまえてねじりあげた。やっぱりな。ぼくが行動に移す前に、ソールは鼻を狙われるとわかっていたのだ。

「やあ」ぼくは声をかけた。

ソールは手を放し、体を起こした。「今日は何曜日だ?」

「クリスマスだよ。どのくらいここにいたんだ?」

「一時間二十分」

「だったら二十分前に行かなきゃだめだろ。指示に従えよ」

「これでも探偵なんでね、ヘロンを見つけたんだよ。サンドイッチとレーズンケーキとミルクは要るか？　こっちはもう食った」

「要る」後部座席に乗りこんで、ボール箱を開けてみた。ライ麦パンにコンビーフのサンドイッチが二つあった。包みを一つ開けながら、ぼくは説明した。「そっちへ電話している間に逃げられた。三時間帰ってこない」一口嚙みついた。

「人生はそんなもんだ。家にはだれかいるのか？」

「いや」

「なにか見つけたか？」

家に入ったかとは訊かれなかった。当然のことだと思われている。サンドイッチを飲みこんで、ミルクのパックを出す。「女友達のだれかに双子の赤ん坊がいたら、地下室に準備が整ってるよ。二人分を詰めこんだトランクがある。それに、二階の引き出しには、白い馬の毛のボタンがついた、青いコーデュロイのオーバーオールが二つあった。もちろん、そのボタンのせいで、トランクには入れなかったんだよ。ついでに、地下室には赤ん坊用のベッドもあった」

木曜日の夜に説明したとき、事件の全体像を伝えてあった。ソールが相手だと、ぼくらはほとんどいつもそうする。前の説明に対する追加分は三十秒で吟味された。「服は言い抜けできる」ソールは言った。「ただ、ベビーベッドがあるなら、決まりだな」

「ああ」口をいっぱいにしたまま、ぼくは返事をした。

「つまり、赤ん坊はあの家にいた。で、女は答えを知ってる。母親を知らない可能性もあるが、情報は充分に握ってるな。どれくらい手強いんだ？」

「びっくりさせられるような人種かもな。口をつぐむだろうと思う。帰ってきて、家にいるところを見つかったら対決してみるつもりだった。ただ、今はわからない。そっちの推測だって、ぼくのに負けないくらい立派だ。たぶん一番いいのは最低でも二日は見張ることだな」

「だったら、おれの車に座ってるのはまずいじゃないか。お前の車はばれてるんだろ?」

ぼくは頷いて、ミルクを一飲みした。「わかったよ」ミルクとサンドイッチの残りを箱にしまう。

「戻って、食事の続きはヘロンで片づける。いや、こいつのおかげで命拾いしたよ。この車は森に入れて、それから合流してくれ。ぼくの引きあげ前に、ミス・テンザーが帰ってきたら、頭を引っこめろよ。ぼくは家に戻って、報告するつもりだ。ウルフさんが見張りをつけると決めたら、フレッドかオリーが午後九時までにここに来る。接触の方法はそっちで決めて、ぼくに連絡してくれ。ウルフさんが自分で対決できるようにミス・テンザーを連れてこいとなったら、フレッドかオリーの代わりに、ぼくが来る。そのときは手伝ってもらわなきゃならないかもな」

ぼくは箱を持って車を降りた。ソールが訊いた。「合流する前に女が戻ってきたら?」

「自分の車で待機しててくれ。こっちで探すから」ぼくは道路を歩きだした。

第六章

ソール・パンザーとフレッド・ダーキンとオリー・キャザーが交代でエレン・テンザーの家、もしくはそこへの道を二十時間監視した。金曜の午後三時から九時までがソール。金曜の午後九時から土曜の午前六時までがフレッド。土曜の午前六時から十一時までがオリー。そして、だれも来なかった。

土曜日の午前十一時、ウルフは事務所へおりてきて質問を口に出すまでもなく、ぼくの顔をちらっと見ただけで答えを手に入れたようだった。報告することは一つもなかった。いつもどおり、ウルフの手にはその日の主役として事務所で飾るために選んだ蘭があった。机の花瓶に生け、巨体をうまく椅子に納めて、ぼくが開封しておいた朝の郵便物にしっかり目を通す。おもしろいもの、役に立つものが一つもないとわかると、脇へ押しやり、ぼくにしかめ面を向けた。

「いい加減にしないか」ウルフは怒鳴った。「あの女は泡を食って逃走したのだ。ちがうか?」

ぼくはポケットから二十五セント硬貨を出して、机の上にぽいと投げ、確認した。「表です」と宣言する。「そのとおりですね」

「くだらん。わたしは意見を求めている」

「求めていません。発言の裏づけができないのに意見があるのは、どうしようもないばかだけですし、そんなことわかってるはずです。あなたはただ、ぼくが電話をかけるためにその場を離れたりしないで見張りを続けていたら尾行できたはずだと、思い知らせたいんです」

「そんなことは考えていなかった」

「ぼくは考えていました。たしかに運が悪かっただけですが、運は知恵にまさりますから。家に入っていろいろ発見があっても、挽回できるわけじゃありません。赤ん坊があの家にいたことをはっきりさせるには、一時間かそこら聞きこみをするだけでよかったんですし。運が悪いのはおもしろくないです。ところで、ソールから電話がありました」

「いつだ？」

「三十分前です。アン・テンザーは、十二月、一月、もしくは二月に子供を産んではいません。その期間をソールがきれいに洗いましたから、後ほど報告があるでしょう。今は、エレン・テンザーが昨日の昼以降に姪のアパートにいないかを探っています。知恵と運を兼ね備えているのは、いいですね。お昼頃にこっちへ連絡して、オリーと交代するのかを確認――」

電話が鳴り、ぼくは椅子を回して受話器をとった。

「ネロ・ウルフ探偵事務――」

「オリー・キャザーだ。マホーパックの電話ボックス」

「うまくいってるか？」

「いや。まるでうまくない。十時五十五分に車が来た。州警察だ。で、敷地内に入った。男が三人、降りてきた。州警察の警官、たぶん郡の保安官代理、それからパーリー・ステビンズだ。三人は歩いていってドアを試してみたあと、家の角を回って、保安官代理が例の開いた窓から入りこむと、ステビンズと警官は玄関に戻った。すぐにドアが開いて、二人も中に入った。手伝えることはなさそうだったんで、退散した。引き返そうか？」

「パーリーだったってことに、どの程度自信がある？」

「ばか言うな。パーリーだと思うとは言わなかっただろ。パーリーだったと言ったんだ。報告してるんだよ」

「たしかにな。こっちに戻れ」

「現場に引き返したら、たぶん――」

「いいから、戻れって！」

ぼくは受話器をそっと置くと、一息ついて振り返った。「オリー・キャザーでした。マホーパックの電話ボックスからです。戻ってこいと言ったのは、エレン・テンザーは帰宅しないからです。死亡しました。州警察のパトカーで三人の男がやってきて、家に入りました。そのうちの一人がパーリー・ステビンズだったんです。ニューヨーク市警の殺人課の巡査部長が白い馬の毛のボタンを探しにパトナム郡へ行くわけがないと気づくのには、運も知恵も必要ありません」

ウルフは唇をあんまり強く引いたので、見えないくらいになった。その口を開く。「憶測は確定ではない」

「そこは、白黒つけられます」ぼくは机に向き直って受話器をとり、『ガゼット』の番号を回した。ロン・コーエンを頼むと、ウルフは自分の電話を引き寄せて受話器を耳にあてた。ロンはかけたときの最低でも半分は自分の電話の一つに出ており、待つか伝言を頼むかしなくてはならないのが普通だが、今回はその合間だったらしく、すぐにつながった。ぼくの貸方残高はまだ黒字かと訊いたところ、ポーカーではだめだが特ダネの祝儀なら大丈夫だとの答えだった。

「今回はたいした祝儀じゃない」ぼくは言った。「小耳に挟んだばかりの噂の確認だ。テンザーって名前の女について、なにか情報が入ってたりするかい？　エレン・テンザーだけど？」

「エレン・テンザー」

「ああ」

「入ってるかもな。そんなに回りくどいまねをするなよ、アーチー。殺人事件についてどこまでつかんでるか知りたいなら、そう言え」

「そうなんだ」

「それでましになった。この一時間で情報が入ってきてないなら、たいしたことはわかってない。今朝六時頃、三番街よりの三十八丁目に駐めてあった車、ランブラーのセダンを警官が覗いてみたら、後部座席の床に女がいた。ひもで首を絞められていて、凶器は喉に巻きついたままだった。死後五、六時間。身元はニューヨーク州マホーパックのエレン・テンザーと思われる。そういうことだ。重要なことなら、最新の情報を下の階に確認してかけ直せるぞ」

ぼくは、結構だ、ありがとう、ちっとも重要な話じゃない、と言って受話器を置いた。ウルフもそうした。ウルフがぼくを睨みつけ、ぼくも睨み返した。

「これですっきりしました」ぼくは声をかけた。「憶測についての続きをどうぞ」

ウルフは首を振った。「無益だ」

「ある特定の憶測について。ぼくがあの場で粘って説得にとりかかっていたら、エレン・テンザーは口を割って今頃はここへ来ていたかもしれません。で、一件落着。経験に培われた知性なんて、なんの役にも立ちませんね」

「無益だ」

「こんなことになって、なにが無益じゃないって言うんですか？　白い馬の毛のボタン以上に有望な手がかりなんて望めませんでした。もう鼻血も出ません。おまけにステビンズとクレイマーがぼくらの首に食いつくでしょう。三十八丁目は南署殺人課の縄張りです」

「殺人は警察の問題で、われわれの問題ではない」

「当人たちにそう言ってください。アン・テンザーはいずれ警察に話しますよ。アーチー・グッドウィンという名前のボタン業者が、木曜日の午後に叔母の住所を聞きだしたってね。ガソリンスタンドの店員は、金曜日の朝にエレンの家までの道順を知りたがった男の人相を話すでしょう。鑑識はきれいで新しいぼくの指紋を、地下室を含めた家のいたるところから何千と発見するはずです。今からパーカーに電話をして、ぼくが重要参考人として捕まったら保釈の手配をする準備を依頼しておいたほうがいいかもしれません」

ウルフは唸った。「きみは殺人と直接的に関連する情報をなに一つ提供できない」

ぼくは目を見張った。「できないが聞いてあきれますよ」

「わたしはできないと思う。考えてみよう」ウルフは椅子にもたれ、目を閉じた。が、唇を出したり引っこめたりの癖ははじまらなかった。それが必要なのは、本当の難題のときだけなのだ。一分ほどでウルフは目を開けて、体を起こした。「極めて単純だ。一人の女があのオーバーオールを持参して、ボタンの出所を突きとめるためにわたしを雇った。そこで、広告を掲載した。ベアトリス・エップスから反響があってアン・テンザーの名前を知り、ミス・テンザーが叔母のことをきみに話した。そのため、マホーパックに行った。エレン・テンザーは亡くなっているから、残りは完全にきみの裁量だ。

疑いを差し挟む余地はない。一つ、提案だ。エレン・テンザーは約束があって出かけるところだと話した。短い会話のあと、きみは帰宅まで家で待たせてほしいと頼み、ミス・テンザーもどれぐらいかかるかはわからないと断ったうえで承知した。一人きりではあるし、依頼人に対して白い馬の毛のボタンが持つ重要性に興味がわいたし、手持ち無沙汰を紛らわすためにきみは住宅内を探索した。これでいいはずだ」

「依頼人の名前は出さないんですか?」

「当然だ」

「だったら、重要参考人にはあたりませんね。証拠隠滅の犯人ですよ。依頼人が詳細を知りたがっているボタンを、被害者は作った。ぼくは被害者の家でボタンについて質問した。被害者はそのボタンに関係のあるだれかと連絡をとった。依頼人はボタンと関係がある。だから警察はその人物の事情聴取を望む。そこで、ぼくは名前を明かす。さもないとえらい目に遭います」

「きみには答えがある。依頼人はエレン・テンザーのことを一切知らない。依頼人はボタンの出所を突きとめるためにわたしを雇った。従って、エレン・テンザーが依頼人を知っていたとはおよそ考えにくい。警察が漠然とした憶測の調査をしてみたいというだけの理由で、依頼人の名前を明かす義務はない」

ぼくは一分ほど考えてみたが、「それで逃げ切れるかもしれませんね」と、認めた。「あなたが頑張れるなら、ぼくも頑張れます。提案については、ぼくがあなたに電話をかけにいって昼食を買ったことを考慮に入れ忘れてますよ。ただ、仮に警察がそのことを掘り出してきても、それはミス・テンザーが立ち去ったあとだったと言えますね。でもまだ二つ質問があります。三つかもしれません。あなたがこの仕事を引き受けて、広告を新聞に載せ、面会のためにぼくを送りこまなければ、エレン・テンザーはまだ生きていた可能性が高くはないんですか？」

「高い以上だな」

「では、ぼくらが知っていること、特に赤ん坊のことを警察が知ったら、エレン・テンザーを殺した犯人を特定する確率は高くならないんですか？」

「当然なる」

「わかりました。あなたの言葉を引用します。『殺人は警察の問題で、われわれの問題ではない』ずっとその調子でいるつもりなら、ぼくの神経に障るでしょう。多少の睡眠さえ犠牲になるかもしれません。ぼくはエレンに会って、家に滞在し、言葉を交わしました。水を一杯ごちそうになったんです。依頼人の利益を守るのは大賛成ですし、ルーシー・ヴァルドンが警官に質問攻めにされるのには反対です。マティーニを一杯ごちそうになりましたから。ただ、少なくともミセス・ヴァルドンは生きてます」

「アーチー」ウルフは片手を立てた。「わたしの契約上の義務は、母親の身元を調べて依頼人の満足のいくように立証すること、依頼人の夫が赤ん坊の父親である可能性の程度を論証することだ。問題の女を殺した人物を知らずに、それが可能だと考えているのか？」

「いえ」

「では、うるさく言うのはやめろ。それでなくても、充分ひどい状態だ」ウルフはビールのブザーを鳴らすボタンに手を伸ばした。

第七章

日曜の午後三時四十二分、クレイマー警視がぼくの身柄を拘束して引っ立てた。月曜の午前十一時五十八分、法律でしか打開できない事態でのウルフのお抱え弁護士、ナサニエル・パーカーが地方検事局に到着して保釈された。持参した判事の署名入りの書類には保釈金が二万ドルに設定されていた。ニューヨークで殺人事件の重要参考人に対する保釈金の平均は八千ドルくらいだから、ぼくも金持ちの仲間入りってことか。お褒めにあずかり光栄です。

睡眠とフリッツの料理二回分と歯磨きを逃したことを別にすれば、拘束はそんなに辛い体験じゃなかったし、神経をすり減らすことはまったくなかった。ウルフの提案に二つほど改善を加えて、最初はウルフ立ち会いのもと事務所でクレイマーに経緯を説明し、次には顔見知りのマンデル検事補、殺人課の刑事たちの寄せ集め、あるときには地方検事本人に話した。ぼくがしなければならなかったのは、頑張りとおすことだけだった。全体的な方向性は日曜の午後にあった事務所での小競り合いで、特にクレイマーが出ていこうと立ちあがったあとの大詰めの段階で、ウルフにより決定されていた。

ウルフは頭を後ろに傾けなければならなかった。そういうときは、いつも不機嫌になる。「恩に着るなどとんでもない」ウルフは言っていた。「寛大な措置だとありがたがるわけがない。わたしをグッドウィン君と一緒に連行しても意味がないことは、そちらも重々承知しているのだ。わたしは黙秘し、この先いずれかの時点でわたしに提案の用意が整ったとしても、警察には提案されない結果を招くのが関の山だからだ」

「結果の一つは」クレイマーがしゃがれ声で言い返した。「あんたに提案の用意が整うまでひどく時間がかかるってことかもしれないな」

「くだらん。本気でそんな可能性があると思うのなら、わたしを連行するだろう。わたしの署名入りの供述書があなたのポケットに入っていて、そのなかでエレン・テンザーの殺害犯の正体に関しては一切の知識も手がかりも持っていないと明言されている。依頼人もなにも知らないという確信には、ちゃんと根拠がある。私立探偵の免許取り消しという脅しに対しては、依頼人を当局の人権侵害にさらす非情な行為をするくらいなら、橋の下で眠り残飯を口にする覚悟だ」

クレイマーは首を振った。「あんたが残飯を食うだと。そりゃ傑作だ。来い、グッドウィン」

母親の身元に関してもなんの手がかりもなく、手に入れるための布石も打っていなかった。もっとも、暇にしていたわけじゃない。ソールとフレッドとオリーをお役御免にした。新聞を読んだ。『ガゼット』が紙面に載せていない情報をつかんでいないか、ロン・コーエンに直接訊きにいった。依頼人にも会いにいった。ベアトリス・エップスへ五十ドル郵送した。電話に応答した。そのうちの二件は、アン・テンザーとニコラス・ローセフからだった。

ソールとフレッドとオリーにエレン・テンザーを調査させても、依頼人の金の無駄遣いだったのは認める。警官や記者たちがやっていたからだ。新聞とロン・コーエンからは、ぼくらが活用できる以上かつ読者が関心を持つ以上の事実が手に入った。エレン・テンザーは登録正看護婦だったが、十年前に母親が亡くなってマホーパックの家と暮らせるだけの遺産を継いで、仕事を辞めていた。結婚歴はなかったが、赤ん坊好きだったらしい。その十年の間に、一度に一人ずつ、一ダース以上の赤ん坊を預かっていた。赤ん坊がどこから来てどこへ行ったのかは、わかっていなかった。特に、最後の預かりものについては、男の子だったこと、三月に来たときに生後一か月くらいだったこと、ぼうやと呼ばれていたこと、三週間くらい前にいなくなったこと以外に、なに一つ知っている人はいなかった。赤ん坊を見にきた人がいたとしても、出入りの目撃者はいなかった。一番の情報源は必要なときに呼ばれていた地元の医者だが、口が堅かった。ロンの見立てでは、パーリー・ステビンズでもなにも聞きだせないんじゃないかとのことだった。

生きているエレンの親戚は、姪のアンの他にはその両親でカリフォルニア州に住んでいる兄夫婦だけだった。アンは記者の取材を拒否しているが、ロンの話では叔母とはそれほど会っておらずたいしたことは知らないらしい。

ぼくが帰ろうと立ちあがると、ロンは言った。「持ちつはなしで、持たれつばっかりってわけか。いいさ、まだ帳尻は合ってる。ただ、一つ質問できるな。ボタンは見つけたのか? 『はい』か『いいえ』で」

だてに何度も一緒にポーカーの夜を過ごしたわけじゃない、ロンの前で顔の表情を操る練習はたっぷりしてあった。「ぼくみたいに頭を鍛えてきていたら」と言い返す。「そんな質問はしないだろうな。あんな広告を掲載して、今はエレン・テンザーについて知りたがっている。だから、つながりがあると思ってるんだろう。なんにもないよ。ウルフさんはズボンに白い馬の毛のボタンをつけるのが好きなんだ」

「掛け金上乗せ」

「サスペンダー用だったかな」ぼくは引きあげた。

　ニコラス・ローセフからの電話は、土曜の午後にかかってきた。くるだろうなと思っていた。言うまでもないことだが、アーチー・グッドウィンは『特選新案ボタン社』の人だとアン・テンザーが供述しただろうから、警察がニコラスを訪ねたはずだ。殺人課の刑事の事情聴取を喜ぶやつはいない。つまり、ニコラスは不機嫌だろう。が、そうじゃなかった。ボタンの出所を突きとめたかどうか、知りたがっているだけだった。警官が来たかと尋ねてみたところ、ニコラスは来たと答えた。それで、ぼくが有益な情報を持ってるんじゃないかと思ったそうだ。残念ながらもう情報は手に入らないのではないかと話した。そうしたら、ニコラスは不機嫌になった。ぼくがニコラスみたいに一つのものに夢中になることがあるとしても、対象はボタンじゃないな。

　アン・テンザーは日曜日の朝に電話をかけてきた。やっぱり、かかってくるだろうなと思っていた。『ニューズ』紙が「子守殺人」と名付けた事件の続報記事に、ぼくの名前が出ていたからだ。一紙にはぼくがネロ・ウルフの助手だと出ていて、別の一紙には情報収集者と出ていた。アン・テンザーがどっちを見たのかは知らない。アンは不機嫌だった。ただ、その理由を自分でも正確にはわかっていないようだった。ぼくがボタン業者のふりをしたのを怒っているのではなく、叔母の身に起こった事件をぼくのせいだと思っているのでもなかった。電話を切ってから一分ほど考えてみて、ぼくに電話をかけていたから不機嫌だったのだろうと判断した。ぼくの声をまた聞きたがっているという間違った印象を与えるかもしれないからだ。実際そうだった。間違っているのは当然として、ダイヤルを回す前に自分がなにについて不機嫌なのか、きちんと整理しておくべきだった。

　ぼくを含めて、だれでも自分で思っているほど有名じゃない。電話での約束で、ぼくが日曜の朝に西十一丁目のポーチのボタンを押したとき、迎え入れたのはマリー・フォルツだったが、ぼくの名前を新聞で読んだ気配はなかった。ぼくは単に仕事の邪魔をした相手だった。二階の広間へ入ってピアノに向かっていた依頼人に近づいていくと、続きを弾きおえてから座ったまま振り返り、礼儀正しく声をかけてきた。「おはよう。なにか知らせがあるんでしょう?」

ぼくの舌はあのマティーニを飲みおえたのかと訊こうとしたが、却下した。「たいして」と答えた。「朝刊を見たのでしたら――」

「新聞は見たけど、読んでません。読まない習慣なの」

「では、簡単な説明の必要がありますね」ぼくは失礼のない距離をとって椅子を近づけ、腰をおろした。「新聞を読まないのなら、ウルフさんが木曜日に出した広告も見ていませんよね」

「見てません。広告?」

「そうです。覚えてるかもしれませんが、ぼくは赤ん坊のオーバーオールのボタンを特殊なものだと考えました。ウルフさんもです。そこで、白い馬の毛のボタンについての情報に賞金を出す広告を掲載し、情報を入手しました。あなたには興味のなさそうな対策を少し実行したあとで、金曜日の午前中にマホーパックへ行ってきました。マホーパックがどこにあるか、知ってますか?」

「もちろん」

「エレン・テンザーという女性を訪ねました。その人が白い馬の毛のボタンを作ったことが判明していたからです。今はもっと判明していますが、情報源は本人ではありません。エレン・テンザーは、あの赤ん坊のオーバーオールについているボタンを作りました。そして、赤ん坊はその家から来たんです。小さな家で、住んでいるのは本人だけでした。赤ん坊を除けばね。三か月くらいその家にいたようです」

「じゃあ、その人が母親よ！」

「ちがいます。理由はいろいろありますが、ちがうんです。ぼくは――」

「でも、母親がだれかを知ってるでしょう！」

「たぶん、知っていたと思います。少なくとも、赤ん坊がどこから来て、だれから預けられたかは知っていました。ただし、話してはくれません。亡くなったんです。エレン・テンザーは――」

「亡くなった？」

「事実なんです。金曜日の午前、ぼくは少しエレンと話したあとで、応援要請の電話をかけにいきました。家に戻ると、車がなくなっていて、エレンもいませんでした。で、三時間かけて家を捜索してみました。あなたが状況を理解するのに必要な情報だけを報告します。エレン・テンザーは帰宅しませんでした。昨日の午前六時、警官が駐車中の車内で死んでいる女を発見しました。ここ、マンハッタンで。三番街に近い三十八丁目でした。ひもで首を絞められていたんです。それがエレン・テンザーで、車は彼女のものでした。新聞を読んでいれば、その記事が載っていたでしょう。ですから、エレン・テンザーはなにも話せないわけです」

ミセス・ヴァルドンは目を丸くしていた。「それって……殺されたってこと？」

「そうです」

「でも、なにが……恐ろしい事件じゃない」

「はい。状況の説明をします。ぼくがマホーパックに行って地下室を含めた家中を捜索した事実を、警察がまだつかんでいないとしても、すぐにばれるでしょう。ぼくと話した直後にエレンが車で外出し、約十四時間後に殺害されたことも。なので、エレンに会いにいった理由や会話の内容を、警察は知りたがるはずです。会話の内容は問題ありません。ぼくらは二人きりでしたし、エレンは亡くなっているので。ただ、訪問の理由はそう簡単じゃありません。ボタンについて質問しにいったのは判明するでしょうが、その引き金は？　ネロ・ウルフを雇うほどボタンに関心を持っていた人物とは？　警察は依頼人の名前を知りたがるでしょうし、それどころか情報の開示を命じるでしょう。依頼人が判明すれば、あなたは地方検事局に呼ばれて質問に答えることになります。そうなったら、当局は推理をします。そのうちの一つは、赤ん坊はポーチに置き去りにされたのではなく、あなたの家にいる理由を説明するための作り話にすぎない、となるでしょう。その推理を突き詰めていくと、楽しいことが起きるでしょうね。あなたの友人たちは、きっとわくわくしますよ。重要なのは――」

「だめよ！」

「なにがだめなんです？」

「わたしには……話の展開が早すぎて」ミセス・ヴァルドンは眉をひそめ、集中していた。「作り話なんかじゃない。赤ちゃんは本当にポーチに置き去りにされていたの」

「もちろんです。ただ、それはまずい作り話じゃない。ずっとひどいのもありましたからね。重要なのは、ぼくらが依頼人の名前を明かせば、あなたはちょっとした面倒に巻きこまれる。たとえ警察がまぐれでさっきの推理を思いつかなかったとしてもです。で、ぼくらが拒否すれば――」

「ちょっと待って」眉間のしわが深くなっていた。

依頼人が頭を整理する間、ぼくはちょっと以上待った。「混乱してるみたい」ミセス・ヴァルドンは言った。「つまり、その女の人が殺された理由は――あなたが会いにいったせい？　あなたが話したことか、なにかが原因？」

ぼくは首を振った。「その言いかたは正しくありませんね。ちがう言いかたをしましょう。エレン・テンザーが殺された理由として可能性が高い、非常に高いのは、この家のポーチに置き去りにされた赤ん坊についてエレンがなにかしゃべったり、したりするのを望まないだれかがいたからだと考えられます。じゃなければ、こう言い換えましょうか。赤ん坊についての調査がはじまってエレンにたどり着いていなければ、殺されることはなかったでしょう」

「殺人の責任がわたしにあるって言うのね」

「そうじゃありません。そんなの、ばかげてますよ。例の手紙をピンで留めて赤ん坊をポーチに置いたやつがだれであれ、あなたが赤ん坊の素性を突きとめようとするのはわかっていたはずです。殺人の責任はそいつにあります。だから、自分を責めようとしないでください」

「無理です」ミセス・ヴァルドンは椅子の端を握りしめていた。「本当に無理です。殺人なんて。地方検事局に呼ばれるだろうって言ってたわね。尋問、供述――」

「それは仮定の話ですよ、ミセス・ヴァルドン。ぼくらが依頼人の名前を明かせば、の話です。続きがあって――」

「ルーシーって呼んでくれない？」

「文書で指示してくれれば、従います。異性の気のひきかたを知らない若い女性にしては、あなたはとんでもない人ですよ。続きを話そうとしてたんですが、仮に依頼人の名前を明かすのを拒否すれば、ぼくらが面倒に巻きこまれるかもしれません。ただ、それはぼくらの心配ごとなので。こちらとしては、依頼人の名前は話したくありません。それに、条件が整えば話しません。あなたが自分から名乗りでなければ、です」

「でも、わたし……なぜわたしが名乗りでるべきだと？」

「名乗りでるべきじゃありません。でも、すでに名前を明かしているかもしれない。あなたがネロ・ウルフを雇ったことを三人が知っていますよね。メイド、料理人、弁護士。他には？」

「だれも。だれにも話していません」

「絶対に？」

「はい」

「なら、話さないように。絶対にだれにも。たとえ親友でも。人には口がありますから。あなたがネロ・ウルフを雇ったという話が警察の耳に入れば、それで充分なんですよ。弁護士は守秘義務があるはずですが、だいたいしゃべってしまいます。弁護士とメイドと料理人については運に任せるしかありません。口止めはしないでください、ほぼ役に立ちませんので。人ってものは本当につむじ曲がりで、話すなと言われると口がむずむずするものなんです。あなたにはあてはまりませんよ、失うものがありますからね。口をつぐみますか？」

「ええ。でも……なにをするつもりなの？」

「さあ。考えるのはウルフさんで、ぼくはただのお使いなので」腰をあげる。「差し迫った問題は、あなたを巻きこまないことです。だから来たわけです。警察はまだ、ぼくらのところへは来ていません、あの家でぼくの指紋を何千と見つけて、その指紋は免許を持った私立探偵として登録されているのにですよ。警察は気をきかせているんです。例えば、ぼくをここまで尾行してくるのも気がきいています。家を出るときに尾行の有無はわざわざ確認しませんでした。少しでも腕のある人間なら確認には時間がかかるので。ぼくは歩いてきましたから、仮に尾行がいたなら確実にまきました」ここで背を向けたものの、振り返った。「母親探しが殺人を招いたことに謝罪が必要だと思っているのなら、申し訳ありませんでした」

「わたしのほうこそ、あなたに謝らなくちゃ」ミセス・ヴァルドンはピアノの椅子から離れた。「失礼なまねをしてしまって。あの日」一歩前に出る。「帰るの?」

「もちろんです、お使いはすみましたから。尾行がいたら、そいつはどこに行ってたんだと問い詰めるために、西三十五丁目の家の階段に座って待っているかもしれませんしね」

待ってはいなかった。ただ、ぼくが家に帰ってから三十分と経たないうちにクレイマーが来て口論をはじめ、三時四十二分にぼくを連行して幕引きという結果になった。

パーカーに保釈の手続きをしてもらい、三十五丁目まで車に乗せてもらって、月曜日のお昼過ぎに古い褐色砂岩の家に到着した。事務所に入ったら、嬉しいことに留守の間ウルフが忙しくしていたとわかった。ウルフは別の本、レイチェル・カーソン作『沈黙の春』を気持ちよく読みはじめていたのだ。ぼくは立ったまま、ウルフが一段落読みおえて指を挟んで本を閉じ、顔で質問するまで待った。

「二万ドルです」ぼくは告げた。「地方検事は五万ドル求めました。つまり大物になってきてるんですね。刑事の一人はかなり優秀で、オーバーオールのことでぼくをコーナーに追い詰める寸前まできましたが、切り抜けました。ソールやフレッドやオリーの話は出ませんでした。ですから、警察はまだ情報をつかんでないんでしょうし、この先もたぶん大丈夫でしょう。ぼくは十時間あけて二とおりの供述書に署名しましたが、警察は喜んでました。現状《スタトス・クオ》では、ぼくの面の皮は失われていません。急ぎの用事がなければ上の階に行って、この面の皮の手入れをしてきます。刑事が横に立っている状態で、一時間うたた寝をしたんですがね。食事ですが、お昼はなんですか?」

「子牛の胸腺ベシャメルソース煮トリュフとチャービル風味だ。ビートとクレソンのサラダ。ブリーチーズ」

「たっぷりあれば、あなたも少しは食べられるかもしれませんよ」そう応じて、階段へ向かった。

ぼくには、とっくに辞職しておくべきだったと考える五つの立派な理由がある。ただ、辞職するべきではないし、実際していない立派な理由も六つ挙げられる。立場を逆にして、ウルフがぼくを解雇しておくべきだったという理由を二つ、もしかしたら三つ挙げられる。そして、首にするべきではなく、しない理由を十は挙げられる。十のうちの大きな理由の一つは、ぼくがそばにいなければウルフは橋の下で眠り、残飯を食べなければならなくなるからだ。ウルフは仕事が大嫌いだ。お互いおおっぴらに口に出したことは一度もないし、その必要もないが、ぼくの給料の最低でも半分はウルフの尻を叩くためなのだ。

ただ、強い刺激を与えると、なにか提案はあるのかとウルフからよく訊かれる。だから月曜の午後、昼食をすませて事務所に戻り、ウルフが腰を据えて本を手にしたとき、ぼくは声も出さなかった。刺激してウルフから提案を求められたら、お手上げなのだ。こんなに先の見通しがきかないことなど一度もなかった。赤ん坊がどこから来たかは突きとめた。その結果、調査開始時より事態は悪化してしまった。赤ん坊がエレン・テンザーの家に到着してから三か月経過していたのだから、そこからたどるのはもう絶望的だ。ぼくが家で集めた名前と住所と電話番号については、土曜の午後と夜に数時間を費やしてみたが、少しでも役に立ちそうなものは一つもなかった。どっちみち、もう同じ情報を警察が握っているし、ことは殺人の捜査だ。エレン・テンザーもしくは赤ん坊を調査して有益な情報が出てくるなら、手に入れるのは警官だろう。座って本に没頭しながら、ウルフはきっとそう計算したのだ。警官が殺人犯を捕まえれば、そこからウルフは母親探しを進められる。もちろん、警察が殺人犯だけじゃなく母親も特定したら、依頼人への請求書は減額しなければならないだろうが、山ほどの仕事を割愛できる。ソールとフレッドとオリーを派遣してパトナム郡を駆けずり回らせるのは、ミセス・ヴァルドン——いや、ルーシーだった——の金をドブに捨てるようなものだと、ぼくも認めるしかなかった。

だからぼくはウルフを刺激しなかったし、ウルフは働かなかった——ともかく、ぼくはそう思った。が、四時五分前に本を閉じて置き、椅子を引いて立ちあがり、午後の蘭の世話のためにエレベーターへ向かうときに、ウルフは言った。

「ミセス・ヴァルドンは六時にここへ来られるか?」

ウルフは何時間も前、たぶん昼食前に決めていたにちがいない。読書中に物事を決めたりしないからだ。が、今の今まで口に出すのを延期していた。働かなければならないだけじゃない。女と話をしなければならない。

「確認します」ぼくは答えた。

「そうしてくれ。六時でなければ、夜の九時に。玄関は監視されている可能性があるので、裏口から入るべきだ」ウルフはのしのしと出ていった。ぼくは電話に向き直った。

第八章

裏口から古い褐色砂岩の家に入るには、玄関からよりちょっと面倒だが、たいしたことはない。三十四丁目から二つの建物の間にある狭い小路に入ると、高さ七フィートの頑丈な木製の門に行きあたる。ノブか、錠前か、押しボタンかの選択肢があり、ホッチキスの錠前用の鍵を持っておらず、招待されてもいないなら、道具が必要になる。例えばごつい斧とか。ただ、来訪予定であれば、門扉をノックすれば開くだろう。月曜日の午後六時十分に来たルーシー・ヴァルドンもそうだった。香草の列を抜ける煉瓦の小道を通り、四段の階段をさがって家に入り、十二段の階段をあがる。一番上で右に行けば厨房、左に行けば事務所か表玄関だ。

ぼくはルーシーを事務所へ連れていった。入ると、ウルフはかろうじてわかる程度に頷き、唇を引き結んで気のない目で客を見やった。ルーシーは赤革の椅子に座り、小テーブルにバッグを置いて、椅子の背に黒テンの毛皮かなにかのストールをかけた。

「ちょっと遅れてしまって。アーチーには謝りました」ルーシーは言った。「あそこで待っていなければならないとは、知らなかったので」

まずい出だしだ。依頼人は一人もウルフを『ネロ』と呼んだことはないし、これから先もないだろうが、ぼくへの『アーチー』呼びはウルフにとってルーシーが越権行為を働いているか、ぼくが越権行為を働いたかのいずれかを意味する。ウルフはぼくにちらりと視線を投げ、ルーシーに向き直り、息を吸った。「不本意です」と口を開く。「依頼人に助けを求めるのは、通常のやりかたではありません。依頼を引き受けた場合、それはわたしの仕事なのですから。しかし、状況的にやむをえません。グッドウィン君が昨日の朝、状況をご説明したと思いますが」

ルーシーは頷いた。

ぼくの名前はグッドウィン君だ。ルーシーが頷いたことで認めさせたとして、ウルフはその問題にけりをつけ、椅子にもたれた。「しかし、グッドウィン君は当方の立場を充分に釈明しなかったかもしれません。わたしたちは苦境に陥っています。依頼の調査で一番の早道が、赤ん坊の前所在地の究明であることは明らかでした。それさえ判明すれば、あとは簡単だったでしょう。結構、われわれは突きとめました。赤ん坊がどこから来たかはわかりましたが、行き詰まったのです。エレン・テンザーは死亡し、真相究明の道は完全に閉ざされました。おわかりですか？」

「それは……はい」

「その点について異存があるのでしたら、取り下げてください。赤ん坊がどのような経緯でどこのだれからエレン・テンザーに預けられたのかを調べようとしたところで無駄骨です。そういった仕事は警察向きなので。訓練された警官隊があり、なかには有能な人物もいるでしょうし、公的な立場もあります。グッドウィン君とわたしには不向きです。殺人の捜査に直接的に関係ありとして、おそらく警察が調べている最中ですよ。従って、現状ではエレン・テンザーは警察に任せておきましょう。そうするよりほかないのですから、ただ、こういう見かたがあります。あなたのポーチに赤ん坊を置いたのはエレン・テンザーではないことを、わたしたちは知っている。しかし――」

「知っているなんて、どうして?」ルーシーは眉を寄せた。

「推理に基づいて。エレン・テンザーはむき出しのピンで毛布に手紙を留め、その毛布で赤ん坊をくるんだりしなかった。グッドウィン君が半分ほど安全ピンの入った整理箱を家で発見しています。ですが、ゴム印のセットやスタンプ台、手紙の文章に使われた道具は見つけていない。推理は決定的ではありませんが、正当な根拠があるのです。五月二十日、自宅、いや、別の待ち合わせ場所だった可能性が高いと思いますが、いずれかでエレン・テンザーは赤ん坊をだれかに引き渡した。わたしはこの推理で納得しています。赤ん坊の行き先があなたの家のポーチだと、ミス・テンザーは知っていたかもしれませんし、知らなかったかもしれません。知らなかったと思いますがね。とはいえ、赤ん坊の出自、出生について知りすぎていたため、エレン・テンザーは殺害された」

「じゃあ、そこはたしかなんですね?」ルーシーは手を握り合わせた。指がねじれている。「じゃあ、それが理由で殺されたんですね?」

「たしかなわけではありません。かといって、その推測をしないのは愚の骨頂でしょう。別の推測です。エレン・テンザーは、赤ん坊をあなたのポーチに置き去りにしたり、そこが行き先だと知らなかっただけではない。そんなふうに捨てられたり、素性を隠されて究明不可能にされることさえ知らなかった。知っていたとしたら、あのオーバーオールを着せたりしなかったでしょう。あのボタンは独特で、調べれば出所をたどれるかもしれないとわかっていた。ミス・テンザーがなにを――」

「ちょっと待って」ルーシーは眉を寄せて、集中していた。ウルフは待った。少し間を置いて、ルーシーは続けた。「ボタンの出所を突きとめられることを、望んでいたのでは」

ウルフは首を振った。「それはちがいます。そうであれば、ボタンから追跡されたと気づいた際のグッドウィン君への対応は、まったく異なっていたでしょう。見当はずれです。ミス・テンザーが赤ん坊の素性についてなにを知っていたにせよ、その将来への計画についてはなにも知らなかった。また、あなたのポーチに赤ん坊を捨てたのがだれであれ、着衣には元の居場所につながる手がかりはないと独り合点していたにちがいない。従って、その人物は乳児服についてよく知らず、あのボタンが既製品ではないと、極めて珍しくて追跡の可能性があるとは気づかなかった。が、グッドウィン君は気づいた。わたしもです」

「わたしは気づきませんでした」

ウルフは睨みつけた。「マダム、それは単なるあなたについての情報であり、事件についての情報ではない。わたしが関心を持っているのは事件であり、引き受けた仕事を進めなければならないだけでなく、グッドウィン君とともに重罪での起訴も避けなければならないのです。ポーチに置き去りにされた赤ん坊にまつわる事実の暴露を防ぐためにエレン・テンザーが殺されたとしたら、それはほぼ確実でしょうが、グッドウィン君とわたしはともに殺人に関する証拠を隠していることになります。ですから、先ほど言ったように、わたしたちは苦境に陥っているのです。警察にあなたの名前や内密に委ねてくれた情報を提供したくはありません。あなたは警察に悩まされ、苦しめられ、しつこく理不尽な扱いを受けるでしょう。そのあなたは、依頼人なのです。ですから、わたしの自尊心が傷つきます。身をさらすなら他者からの非難だけ、自身からの非難は厳に避ける、これがわたしの信条です。しかし、グッドウィン君とわたしがあなたの名前や話の内容を当局に報告しないのなら、母親を見つけるという契約上の義務を果たすだけではなく殺人犯も見つけるか、ポーチに置き去りにされた赤ん坊とエレン・テンザーの死がまったく無関係であることを証明しなければならない。ほぼ確実に無関係ではないのですから、わたしはあなたの利益のためにあなたの費用負担で殺人犯を追うことになります。そこはわかりましたか？」

ルーシーの目がぼくに向けられた。「無理だって言ったじゃない」

ぼくは頷いた。「厄介なのは、そうあっさり手を引けないところなんです。あなたが抜けたら、もうウルフさんの依頼人でなくなれば、ぼくらは口を割らなければならなくなります。少なくとも、ぼくは話します。ぼくは重要人物なんです。生きているエレン・テンザーを最後に見た人間ですから。そのときは、あなたの相棒は警察になるでしょう。今はぼくらが相棒ですけどね。選ばなければならないんですよ、ミセス・ヴァルドン」

ルーシーは口を開けたが、また閉じてしまった。体の向きを変えて小テーブルからバッグをとって開け、紙切れを出すと立ちあがって、ぼくに手渡した。ぼくは受けとって、目を通した。インクで手書きしてあった。

月曜日

アーチー・グッドウィンへ

ルーシーと呼んで

ルーシー・ヴァルドン

考えてみてほしい。ウルフの事務所で、ウルフの目の前で、ウルフの依頼人が、ぼくからすればできれば見せたくないとわかっているメモをぼくに手渡したのだ。一工夫が必要だ。ぼくは片方の眉をたかだかとあげた。ウルフはできないので、それを見るといつも苛つく。メモをポケットに入れ、赤革の椅子に戻ったルーシーに向かって小首をかしげた。「もう依頼人ではないのなら、お断りします」

「いえ、依頼人です。生理的に無理なんです、今の状況が。でも、もちろん依頼人ですから」

ぼくはウルフを見やり、目を合わせた。「ミセス・ヴァルドンは警察よりぼくらを選びました。ぼくらの自尊心には幸いですね」

ルーシーがウルフに言った。「さっき言いましたよね、わたしの利益のために殺人犯を追うと。つまり……最初にそうしなければならないってことですか？」

「ちがいます」ウルフは素っ気なかった。相手は女であるばかりじゃなく、自分の目の前で個人的な手紙をぼくに渡した生き物なのだ。「それは二次的な問題ですが、やらなければならないのです。で、進めるのですか？」

「はい」

「では、あなたは力を貸さなければならない。とりあえず、エレン・テンザーは警察に任せて、別の糸口から手をつけましょう。赤ん坊の出生と受胎です。火曜日には、不承不承ながらもグッドウィン君に四人の女性の名前を伝えましたね。もっと教えてもらわなければなりません。昨年の春、たとえ短期間であってもご主人と近しくしていた、もしくはその可能性のあるすべての女性の名前を教えてもらいたい。一人残らず」

「でも、それは不可能です。全員の名前は挙げられません」ルーシーは結婚指輪をはめた手を振った。「わたしとは面識のない何百人もと、夫は会っていました。例えば、文壇のカクテルパーティーに夫婦で行ったことは、ほとんどありません。わたしには退屈でしたし、そもそもわたしがいないほうが夫も楽しめたので」

ウルフは唸った。「たしかに。それでも、実際に知っているすべての女性の名前を一人も隠さずにグッドウィン君に教えてくれるでしょうな。その女性たちに迷惑はかかりません。調査は一点、赤ん坊が生まれた時期の所在に絞れるからです。普段どおりの生活に支障をきたすことなく女性が妊娠、出産できない現実は、こちらに有利です。直接働きかける必要があるのはほんの一握りでしょうし、一人もいないかもしれません。絶対に省略しないでください」

「わかりました。しません」

「先日、男性の名前も選んでグッドウィン君に教えていましたね。少なくとも何人かを今の段階で利用するつもりですが、あなたの助けが必要です。最初は数人だけ、そうですな、三、四人からはじめられます。必要な場合にのみ、範囲を広げましょう。対象の男性たちとの面会を要望します。わたしは仕事では決して家を離れないので、ここへ来てもらうことになります。個別に会う必要はないでしょう。まとめてでかまいません。選別後、そちらで手配をお願いします」

「つまり、あなたに会いにきてくれと、わたしから頼むってことですか?」

「そうです」

「でも、なんて言ったらいいんでしょう?」

「調査のためにわたしを雇った。それに伴い、わたしが話し合いを望んでいると」

「でも、そうしたら……」ルーシーは眉を寄せた。「アーチーはだれにも話すなと言ってました。たとえ親友でも」

「グッドウィン君は指示に従っていたのです。さらなる考慮に基づき、その危険を冒す必要があると判断しました。そちらの言い分では、ご主人はあなたとは面識のない何百人と知り合いだったそうですな。『何百人』とは言い過ぎだと考えていますが、何十人だとしても全員の名前が必要です。現在の状況が生理的に無理だというお話ですが、いい加減にしてください、マダム。それはわたしも同じです。殺人が起きて自分も巻きこまれ、大海原で型にはまった釣りをする羽目になる、こんなことだとわかっていたら依頼は引き受けなかったでしょう。ご主人の知り合いの一覧表を完成させるのに最適であり、あなたの知らない情報を提供できる男性三、四名と面会する必要があるのです。グッドウィン君と選定したあと、こちらに来させてもらえますか？」

ルーシーはさらに無理になっていた。「なんの調査をしているのかと訊かれたら、どう答えるんです？」

「わたしが説明すると言ってください。当然ながら、細心の注意が必要となるでしょう。あの手紙をつけてポーチに置き去りにされた赤ん坊については、もちろんわたしから持ちだしたりはしません。あなたの家に赤ん坊がいる事実は思った以上に広く知れ渡っているでしょうが、面会者の一人、もしくは複数にその件について尋ねられたら、枝葉的なことだと切って捨てるつもりです。彼らに話す内容を正確に決定した際には、会う前にあなたに知らせます。異論があれば考慮はします」ウルフは椅子を回して時計を見た。夕食まで三十分。椅子を戻す。「あなたとグッドウィン君は、ご主人の友人から選ばれるべき三、四人を今夜選定することになります。明日の午前十一時か、午後九時に会いたい。女性の名前の一覧も作成してください。ところで、今質問を一つ。先週の金曜日どこにいたか教えていただけますか？　午後八時以降ですが？」

ルーシーは目を丸くした。「金曜日？」

ウルフは頷いた。「あなたの誠実さを疑う根拠はまったくありません、マダム。しかし、わたしはもう殺人も辞さない人物と渡りあう必要があるのです。あなたがイゼベル（『旧約聖書』より、イスラエル王アハブの妻。人を欺く女の意）である可能性も完全には否定できません。エレン・テンザーは金曜日の真夜中頃に殺害されました。あなたはどこにいましたか？」

ルーシーはウルフを見つめた。「でも、まさか……まさかそんな……」

「可能性は極めて低いですが、不可能ではないのです。悪知恵と策略を完璧に駆使してこのわたしを欺いた、そう考える余地があると判断されたことを、あなたは喜ぶべきです」

ルーシーは笑おうとした。「なにが人を喜ばせるかについて、変わった考えを持っているんですね」

そして、ぼくに目を向けた。「どうして昨日そう訊かなかったの？」

「そのつもりだったんですが、忘れました」

「本当に？」

「いえ。ですが、ウルフさんの言うとおりです。褒められているんですよ。ウルフさんとぼくに一杯食わせるなんて、どれだけ凄腕かを考えてみてくださいよ。金曜の夜はどちらに？」

「わかりました。金曜日ね」少し間があった。「夕食に出かけました。友人、リーナ・ガスリーのマンションです。ただ、十時の食事時間に合わせて帰宅しました。赤ちゃんの。乳母はいましたけど、だいたい同席するようにしているんです。それから一階に行って、しばらくピアノを弾きました。そのあと、就寝です」ウルフに向き直る。「こんなの、まったく意味がないでしょう！」

「そんなことはありません」ウルフは不機嫌に答えた。「人間の行為の気まぐれに関しては、意味がないことなどありません。乳母が今夜ご自宅にいるのなら、グッドウィン君が金曜日について確認します」

第九章

翌日の火曜正午、事務所にはぼくらと一緒に三人の男がいた。が、この三人は故リチャード・ヴァルドンの旧友ではなかった。赤革の椅子にはソール・パンザー。ウルフの机に向かいあう二脚の黄色い椅子にいるのが、身長五フィート十インチ体重一九〇ポンド、はげ頭でごついフレッド・ダーキンと、身長六フィートちょうど体重一八〇ポンド、全身おしゃれに決めているオリー・キャザーだ。それぞれが手にしているのは、ぼくが依頼人から提供された情報をタイプした、三インチかける五インチほどのカードだ。財布には、金庫の引き出しから用意した使用済みの五ドル札と十ドル札が数枚ずつ入っている。

この三人への説明のときはいつもそうだが、ウルフの目はフレッドとオリーに向けられていた。ソールが話についてくることをウルフは知っているのだ。「難しくも複雑でもないはずだ」と解説する。「極めて単純だ。今年の初め、あるいは昨年末の可能性もあるが、女が子供を産んだ。その女を見つけたい。ただし、今やってもらう仕事は除外作業に限られる。このカードに名前が載っている女性一人一人に関して、質問に答えを出すだけだ。該当する期間に出産は可能だったか。すぐに除外できない対象を発見し、当該期間の所在や行動により厳密な調査が必要となった場合には、前もって必ずわたしに相談するように。理解できたか？」

「あんまり」オリーが答えた。「『すぐに』ってどの程度ですかね？」

「その問題については、アーチーとわたしが考案して今から推奨する段取りの説明に含まれている。対象の女本人に接触するのは、どうしても必要な場合のみだ。ほとんどの場合、全部の可能性もあるが、当人以外から充分な情報を集められる。共同住宅の労働者、商人、郵便配達夫。手順はわかっているだろう。名乗る際は本名を。調査はフロリダ州クリアウォーター市にあるドルフィン・コテージを所有かつ管理するドルフィン・コーポレーションの代理だ。ある女が同社を相手に五十万ドルという多額の損害賠償請求訴訟を起こした。今年の一月六日土曜日、船着き場からボートに乗り移る際に負ったけがのせいだ。操船担当の会社の従業員がボートを動かし、けがはその不注意が原因だという主張だ。間もなく裁判となるが、会社はカードの名前の一つ、ジェーン・ドー（某女性、なにがしの意）の証言を求めている。ジェーン・ドーは十二月十日から二月十日まで、ドルフィン・コテージの一室を借りていた。事故発生時には船着き場にいて、コテージの管理人に、ボートは動かなかったし、船員に落ち度はないと話していた。緻密《ちみつ》すぎるかな？」

「いえ」フレッドが答えた。『緻密』の意味を知っているかどうかは別だが、ウルフが『しすぎる』なんてありえないとフレッドは思っているのだ。

「残りは明白だ。ドルフィン・コーポレーションに届けられていた住所にジェーン・ドーは居住していなかったし、居住の事実もなかった。そこで、見つけようとしている。カードに記載されているジェーン・ドーは、ここの人の可能性はあるか？　十二月十日から二月十日までフロリダ州にいたか？　いなかった？　では、どこに？」ウルフは片手を振った。「いや、確認方法についての指示は必要ないな。除外作業だけをするように。飲みこめたかな？」

「いえ、今ひとつ」オリーがメモをとっていた手帳から顔をあげた。「子供を産んだかどうかだけの問題なら、なぜフロリダ州だのドルフィンだの訴訟だのを引っ張り出すんですか?」オリーの横柄な口調は、すべての人間、特に自分とネロ・ウルフは平等に創造されているという信念から生まれたものだ。

ウルフの頭が向きを変えた。「教えてやってくれ、ソール」

ソールの手帳はカードと一緒にポケットに戻されていた。平等な相手として、オリーに目を向ける。実際はそうじゃないのだが。

「たぶん」ソールは口を開いた。「赤ん坊は私生児だから、母親は出産のために家を離れただろう。だとしたら、対象の女は不在だったか? そうじゃなければ、五か月前にその女が妊娠していたか、いなかったかは、だれでも知っている動静の一つだ。フロリダはただの話の糸口だよ」

これは公平じゃない。ウルフも共犯だ。ソールは五日前に事件全体の構図を教えられていたのだから。ただ、オリーの行儀作法を改善させるのが狙いである以上、もちろんソールも協力して演技しなければならなかった。三人が引きあげ、見送りをして事務所に戻ったぼくは、ウルフに言った。「わかってますよね、あんまりいじってオリーに劣等感を与えれば、いつか積もり積もって優秀な探偵がだめになりますよ」

ウルフは鼻を鳴らし、「くだらん。考えられない」と『沈黙の春』をとりあげ、くつろいだ。そして、顎をあげ、ばか丁寧な口調で切り出した。「お気づきだろうが、昨日あの女がきみに渡した手紙の内容を、こちらからは訊こうとしていないのですがね」

ぼくは頷いた。「遅かれ早かれ話さなければなりませんでした。仕事に関することであれば、もちろん報告していたでしょう。どっちみち、教えますよ。手書きでした。『愛するアーチーへ。リジー・ボーデンは斧をとりあげて、母親を四十回強打したの（リジー・ボーデンは一八九二年に米国で両親を斧で殺した罪に問われ、無罪となった）。あなたのルーシーより』なにかあれば――」

「黙れ」ウルフは本を開いた。

その夜の男だけのパーティーに何人来るのか、まだわかっていなかった。夕方になるとルーシーから電話があり、四人全員と約束ができたと言われた。ウルフが六時に植物室からおりてきたときには、タイプした覚え書きを机に用意しておいた。内容は以下のとおり。

マニュエル・アプトン。五十代。〝あらゆる女性のための雑誌〟で発行部数八百万超えの『女性の分野《ディスタフ》』編集者。十年前リチャード・ヴァルドンの短編をいくつかと連載小説二作を出し、名声と富の道を進ませた。家族は妻と三人の成人した子供。家はパーク・アベニューのマンション。

ジュリアン・ハフト。五十歳前後。ヴァルドンの小説の出版社、パルテノン出版の社長。ヴァルドンの人生最後の五年間、個人的に親しかった。やもめで、二人の成人した子供がいる。家は〈チャーチル・タワーズ〉のスイートルーム。

レオ・ビンガム。四十歳前後。テレビのプロデューサー。ヴァルドンと仕事上の関係はないが、一番親しい昔からの友人。独身。遊び人。家は東三十八丁目のマンション最上階。

ウィリス・クリュッグ。やっぱり四十歳前後。著作権代理業者。ヴァルドンは顧客で七年間付き合いがあった。書類上の独身、つまりバツイチ。子供はなし。家はグリニッジ・ヴィレッジのペリー・ストリートにあるマンション。

夕食後にお客の集まりが予定されているときはいつも、ウルフはテーブルを離れると事務所にあるお気に入りの椅子へは戻らない。厨房へ行く。そこには肘掛けのない椅子があり、ウルフの七分の一トンの体重を座面の端から尻がちょっとはみ出すくらいで受けとめる。自宅の家具についてウルフの意見が覆されたのは一度だけ、厨房に特大サイズの肘掛け椅子を購入してフリッツに拒否されたときだった。椅子が到着し、ある朝ウルフはそれに座ってフリッツと三十分カブのスープについて議論した。が、午後六時にウルフが植物室からおりてきたとき、椅子はなくなっていた。ウルフかフリッツがもう一度椅子を話題にしたことがあったとしても、完全に二人だけのときだ。

四人の招待客が捜索中の母親である可能性は万に一つもないし、殺人犯だと考える根拠もない。そのため、玄関の呼び鈴に応じて出迎えたときに相手を値踏みしたのは、ただの癖だ。一番乗りは著作権代理業者のウィリス・クリュッグで、約束の時間より少し早く到着した。背が高く骨張った体つきで、長い顔に平べったい耳をしていた。赤革の椅子を目指して進んでいったが、ぼくは先回りして止めた。ヴァルドンと一番親しく昔からの友人であるビンガムを座らせるべきだと決めてあったのだ。そのレオ・ビンガムは、九時ちょうどに二番目でやってきた。テレビのプロデューサーで上背と肩幅があり、整った顔に満面の笑みがネオンサインよろしく現れては消える。次に来たのは出版社社長のジュリアン・ハフトで、尻から上が樽、下が爪楊枝みたいだった。はげていて、幅広タイヤのような眼鏡をかけている。『ディスタフ』編集者のマニュエル・アプトンは最後に到着した。アプトンを見て、ぼくはそもそも到着したことに驚いた。まず、ちびだ。悲しそうな目にしわの寄った顔で、たわんでいて、玄関前の階段をのぼって息を切らしていた。元気はつらつではないにせよ、無事にアプトンが黄色い椅子に腰をおろすと、ぼくは机に戻って厨房に内線電話をかけた。

ウルフが事務所に入ってきた。客のうち三人は立ちあがった。持ちあげる体が一番小さいマニュエル・アプトンは立ちあがらなかった。ウルフは握手をしないため、客に座るよう促したうえで自分の机まで移動し、ぼくが客の名前を紹介する間は立っていた。そして、少なくとも半インチはきっちり頭をさげ、腰をおろして右から左へ視線を動かし、戻した。「みなさん、ご足労に礼は言いません。あなたがたはわたしではなく、ミセス・ヴァルドンの要請に応じたわけなので。ただ、ありがたく思ってはいます。忙しいなか、一日分の仕事を終えたところですから。一杯いかがですか？　目の前にないのは選択を制限するかたちとなるためですが、すぐにお持ちできます。なにかご希望は？」

ウィリス・クリュッグは首を振った。ジュリアン・ハフトは礼を言って、断った。レオ・ビンガムはブランデーを頼んだ。マニュエル・アプトンは氷なしの水を所望した。ぼくはスコッチの水割りを希望した。ウルフはボタンを押してフリッツを呼んでいたので、ウルフのビールを含めてそのまま注文が通った。

ビンガムがウルフに満面の笑みを向けた。「来るのが楽しみでね。会う機会ができてよかった」笑顔に釣り合う、バリトンの声だった。「テレビで大受けする可能性があると、以前からよく思っていたんで。実際に会って、声を聞いてみたら……いや、半端ない！　出直すので、改めて話し合いを」

マニュエル・アプトンが、ゆっくりと首を左右に振った。「ウルフさんは理解していないかもしれないぞ、レオ。『大受け』、『半端ない』」しわがれた声はアプトンに一から十までぴったりだった。「レオ独特の言葉だと思うんじゃないか」

「二人とも、今やりあうのはやめろよ」ウィリス・クリュッグが割りこんだ。「エピクロスの園（ギリシャの哲学者の学問所）を借りて、決着するまで戦い抜けばいい」

「折り合いがつかないんだよ」ビンガムが言い返した。「雑誌の編集者たちは全員テレビを嫌ってる。

おいしいところを全部持っていかれているからな。あと十年経ってみろ、雑誌なんて『テレビガイド』一つしか残らないぞ。白状するとお前が大好きなんでね、マニー。生活保護があって本当によかったよ」

ジュリアン・ハフトがウルフに言った。「いつもこの調子なんですよ、ウルフさん。大衆文化だ」細くて高い声は足とはよく釣り合っていたが、樽のような胴には似合わなかった。「あなたがすばらしい読書家なのは承知しています。本は広告頼みじゃなくて、ありがたい限りだ。なにか書いたことはありますか？　書くべきですよ。『大受け』もしくは『半端ない』とはいかないかもしれませんが、読むに値するのは間違いない。ぜひ出版させていただきたい。ビンガムさんが勧誘していいなら、当方もかまわないでしょう」

ウルフは唸った。「考慮の余地はありませんな、ハフトさん。私立探偵としての品位の維持は難しい。本に綴られる十万という単語に対して品位を保つのは、わたしには不可能です。数多くの人にとっても同じですが。本を書くことほど人間をひどく堕落させる行為はない。圧倒的な誘惑が無数に存在するのです。わたしの想定では――」

フリッツが盆を持って入ってきていた。最初にビールをウルフへ、次にビンガムにブランデー、アプトンに水、そしてぼくにスコッチの水割りを配った。アプトンはポケットから薬の入れ物を出し、一錠とりだして口へ放りこみ、水を飲んだ。ビンガムはブランデーを一口味わって、びっくりした顔になった。もう一口飲んで、口の中で転がし、びっくり仰天した顔になって、飲みくだした。「失礼」こう言って席を立ち、ウルフの机まで移動して瓶のラベルを確認する。「聞いたことがない」とウルフに声をかける。「自分ではコニャックはわかってると思ってたのに。信じられないな、知らない人間に無造作に出すものか？　いったいどこで手に入れたんだ？」

「かつての依頼人からです。当家では、面識のあるなしにかかわらず、客は客なのです。遠慮しないでください。三ケース近く持っていますので」ウルフはビールを飲み、唇をなめて、椅子にもたれた。「先ほども言ったとおり、ご足労には感謝していますし、むやみに引き留めるつもりはありません。依頼人のミセス・ヴァルドンからはわたしを雇った目的の説明を一任する旨の言質をとってありますし、できるだけ簡潔にしたいと思います。ただし、まずはみなさんの発言であれわたしの発言であれ、ここでの話はすべて他言無用だとご承知おきください。その点はご了解いただけますか？」

全員が了解したと言った。

「結構。当方が情報を抑制するのは職業上のことであり、依頼人への義務にすぎません。あなたがたの側では、個人的かつ友人のためでしょう。現状はこのとおりです。先月、ミセス・ヴァルドンは匿名の手紙を三通受けとりました。手紙はここの金庫の中です。お見せしたり、内容を教えるつもりはありませんが、依頼人の夫、故リチャード・ヴァルドン氏に関するある種の主張で、特定の要求をしています。インクで手書きですが、明らかに筆跡を変えてあります。ただし、書いた人物の性別に疑問はありません。手紙の内容から女性が書いたことは明白です。ミセス・ヴァルドンとの契約は、その女性の身元を突きとめて話しあい、要求に対処することです」

ウルフはグラスに手を伸ばし、ビールを飲んで、また椅子にもたれた。「恐喝の試みですが、仮に手紙の主張が真実であれば、ミセス・ヴァルドンには制限を設けて要求を受け入れたいとの意向があるようです。手紙の差出人を発見した場合、先方の主張が嘘でない限り、身元を暴いたり、告発したり、要求を撤回するよう強制したりはしません。まず必要となるのはその女性の発見ですが、そこが難しい。要求を満たすための工作は極めて巧妙です。札束をどこかへ置けなどという稚拙な手ではないのです。その骨子のみ簡単にお話ししましょう。みなさんは経験豊富な社会人です。隠しておきたい秘密を暴露すると匿名の人物から脅され、番号のみで特定できるスイスの銀行口座へ所定の金額の入金を指示されたらどうでしょう？　ハフトさん、あなたならどうしますか？」

「まいったな。わからない」ハフトが答えた。

クリュッグが言った。「スイスの銀行にはおかしな規則がありますから」

ウルフは頷いた。「手紙の差出人の手法は、さらに巧妙でさえあるのです。接触の危険がないだけでなく、追跡可能な糸口もありません。しかし、その女を見つけなければならない。そこで、二つの方策を考案しました。一つは費用が高額となるうえに、何か月もかかると思われます。もう一つは、ヴァルドン氏の親しい友人もしくは仕事仲間の協力が必要になるのです。ミセス・ヴァルドンの助言により、四人の名前が挙がりました。あなたがたです。知っている範囲で一九六一年の三月、四月、五月にリチャード・ヴァルドン氏が接触した全女性の名前の一覧を作成するよう、夫人の代理人としてそれぞれにお願いいたします。昨年です。接触が短くても、どのようなかたちであっても、すべての女性で作成してください。すぐに用意できますか？　明日の夜まではどうでしょうか？」

三人がいっぺんにしゃべりだしたが、レオ・ビンガムのバリトンが他の声をかき消した。「それはまた、でかい頼みだ。ディック・ヴァルドンはあっちこっちに手を出してた」

「それだけじゃない」ジュリアン・ハフトが続けた。「一つ訊きたいことがある。方策の具体的内容は？　うちの事務所には、ディックがなんらかの接触をしていた女性が八人か九人いる。作成した一覧の名前をどう使うつもりなんだ？」

「うちの事務所には四人かな」ウィリス・クリュッグが付け加えた。

「いやいや」マニュエル・アプトンのしゃがれ声が言った。「相手の主張とやらを教えてもらわなきゃならないね」

ウルフはビールを飲んでいるところだった。空になったグラスをおろす。「目的を達成するためには、一覧表は網羅的でなければなりません。取り扱いは慎重に行います。迷惑を被る人はいないでしょう。不快な目に遭うこともありません。噂になることもありません。第三者の野次馬根性を刺激することもないです。問題になるのは名前の主のほんの一握りだけです。手紙の示唆から導き出した推測により、可能性の範囲は狭いのです。ミセス・ヴァルドンのためにこの申し出を受けて後悔する要素はないことを、わたしからはっきり保証します。ただ、例外となる場合が一つだけあります。手紙の差出人があなたの挙げた人物だと明らかになった場合です。その女性はもちろんあれこれ詮索され、おそらく計画を阻止されるでしょう。そちらの危険はそれだけです。ブランデーをどうぞ、ビンガムさん」

ビンガムは立ちあがって、瓶へ近づいた。「袖の下か」ブランデーを注ぎ、「賄賂ってやつだな」と一口飲む。「いやあ、まいるなあ」満面の笑み。

「手紙の主張について聞きたい」アプトンがしゃがれ声で口を出した。

ウルフは首を振った。「依頼人と交わした固い約束を破棄することになるので。議論の余地はありません」

「ミセス・ヴァルドンはわたしの依頼人でもある」クリュッグが言った。「わたしはディックの代理人だったわけだし、今はミセス・ヴァルドンが著作権を所有している以上、その代理人でもある。そもそも友人だし、匿名の手紙を送ってきた相手がだれであれ容認できない。明日には一覧表を渡します」

「やれやれ、はめられたな」レオ・ビンガムは立ったまま、ブランデーグラスの酒を回していた。「賄賂を受けとっちまった」ウルフに向き直る。「一つ、取引でどうだ。おれの一覧表から女を突きとめたら、この酒を一本渡す」

「だめです。約束でお渡しはできません。感謝の印としてなら、たぶん」

ジュリアン・ハフトはタイヤみたいな眼鏡をはずして、フレームをいじっていた。「その手紙だが」と口を開く。「投函されたのはニューヨークですか？　市内？」

「はい」

「では、封筒がある？」

「はい」

「その封筒だけ見ても？　筆跡は変えてあるとの話だが、もしかしたら……だれかがその筆跡から見当をつけられるかもしれない」

ウルフは頷いた。「だからこそ、あなたたちに封筒を見せるのは賢策ではないのですよ。どなたかが実際に差出人の正体の手がかりをつかんでその情報を開示しなかった場合、わたしにとっては問題が複雑化するかもしれませんので」

「質問がある」マニュエル・アプトンのしゃがれ声がした。「ミセス・ヴァルドンの家には赤ん坊がいると聞いた。乳母もな。事情は一切知らないが、教えてくれた相手は嘘を触れ回る人じゃない。その赤ん坊と手紙の間になにか関係はあるのか？」

ウルフは眉をひそめていた。「赤ん坊？　ミセス・ヴァルドンの？」

「ミセス・ヴァルドンの赤ん坊だとは言わなかった。家に赤ん坊がいると言ったんだ」

「ほほう。確認してみますよ、アプトンさん。手紙となんらかの関係があれば、ミセス・ヴァルドンは気づいているはずですし。ところで、ミセス・ヴァルドンには手紙の一件を口外しないよう助言しました。例外なく、です。ご承知のとおり、みなさんにも教えなかった。問題はわたしの手にあります」

「わかった。じゃあ、うまくやってくれ」アプトンは立ちあがった。体重はウルフのちょうど半分くらいだろうが、椅子から立ちあがるときの苦労ぶりからすると、その逆だったかもしれない。「あんたがこっちを扱ってるやりかた、じゃなければ、やろうとしているやりかたを考えれば、しくじるだろうな。ルーシー・ヴァルドンに借りはない。なにか頼みごとがあるなら、本人が直接言えばいい」

アプトンはドアに向かった。途中でレオ・ビンガムの肘を押したが、ビンガムの反対の手がさっと伸びてやり返した。客は客だし、玄関の扉を閉める気力と活力がないんじゃないかと思ったので、ぼくは席を立って廊下でアプトンを追い越し、送り出した。事務所に戻ると、ジュリアン・ハフトがしゃべっていた。

「……ただ、そうする前に、ミセス・ヴァルドンと話がしたい。アプトンさんに賛成なわけではないんです。そちらのやりかたがまずいとは言わないが、依頼はちょっとその、つまり、異例かな」ハフトは眼鏡をかけ直して、顔の向きを変えた。「きみの意見にはもちろん賛成だよ、ウィリス。匿名の手紙を出すやつらについてはね。わたしは慎重すぎると思われそうだな」

「それはそちらの特権だからね」クリュッグが答えた。

「なにが特権だ」ビンガムは満面の笑みをちらっとハフトに向けた。「言わせてもらうが、慎重すぎなんかじゃないね。抜け目がないんだよ。根っから臆病なんだろ、ジュリアン」

大目にみてやらなくてはならない。買い手と売り手だ。著作権代理業者にとって出版社は客だが、テレビのプロデューサーにとっては、ただのごちゃごちゃうるさいもう一人ってわけだ。

第十章

ぼくの目の前には、ヴァルドン《VALDON》の『V』の下にある書類綴りに納めた事件の経費明細書の写しがあった。ウィリス・クリュッグ、レオ・ビンガム、ジュリアン・ハフト、依頼人から提供された女性の一覧表（マニュエル・アプトンからは提供されずじまい）の名前を調べる第二段階は、六月十二日から七月七日まで二十六日間続き、費用は八千六百七十四ドル三十セントになっていた。ぼくの給料は一切含まれていない。報酬でまかなわれているので、明細に記載されることはないのだ。

ルーシーの一覧表には四十七の名前があり、ハフトは八十一、ビンガムは百六、クリュッグは五十五だった。アプトンの既婚の娘の一人がハフトとビンガムの表に入っていたが、クリュッグのにはなかった。ハフトの既婚の娘はルーシーの一覧表に出ていたが、他の表にはなかった。ビンガムの表のある友人は、他の人の表には含まれていなかった。オリーがその名前を嗅ぎつけてずっと追跡した。もちろん、四つの一覧表には多数の重複があって、名前は百四十八人分となった。上図のとおり。

区分	数	状況
A	五十七	独身
B	五十二	既婚　夫と同居
C	十八	離婚
D	十一	死別
E	十	既婚　別居中

もう一つの統計値。それぞれの区分で、一九六一年十二

区分	数
A	一
B	二
C	〇
D	一
E	〇

月一日から一九六二年二月二十八日までの間に赤ん坊を産んだ人だ。

区分A（独身）で出産した女は、クリュッグの事務所で働いていた。ただし、出産の事実も子供が合法的に養子斡旋業者に引き渡された（もしくは売られた）ことも、みんなが知っていた。赤ん坊がなんらかの事情により脇道に逸れ、最終的にミセス・ヴァルドンのポーチに行き着いたのではないと確認をとるのに、ソールで二週間近くかかった。区分D（死別）の赤ん坊は母親の友人や敵には問題だったかもしれないが、ぼくらにはなんでもなかった。夫が亡くなったのは赤ん坊の生まれる二年前だったものの、母親は自分で養育し、隠そうともしていなかった。ぼくがその子を確認した。

区分B（既婚、夫と同居）の二人の赤ん坊は、実際は三人だった。双子がいたのだ。三人とも両親と暮らしていた。フレッドが双子を確認し、オリーがもう一人を確認した。

母親たちの他に、区分Aの二人の女性、Bの二人、Cの二人、Dの一人が該当期間の一部もしくは全部で、家を空けるか仕事を休むかその両方をしていた。そのうちの一人の確認のため、オリーは飛行機でフランスのリビエラ地域まで行かなければならなかった。別の一人を確認するために、フレッドも飛行機でアリゾナ州まで飛ぶ必要があった。

だれだかが寺院の床にゴミをまき散らした事件以来、これよりすらすら進んだ調査はなかった。完璧そのものだ。オリーはドアマンにマンションの管理人へ引き渡されたが、本人のせいじゃない。フレッドは劇場の舞台裏からつまみ出された。ま、珍しくもないことだ。最高の出しゃばり探偵の見本としては、完璧な仕事ぶりだった。そして、七月七日土曜日の午後三時半、ソールから電話があった。

養子縁組にあった最後のちょっとした空白が埋まり、赤ん坊を実際に見たとの報告だった。それで調査は完了し、二十六日前の六月十二日から一歩も前進していない結果となった。

それでも、違いはあった。二つ進展があったのだ。ただし、進展させたのはぼくらじゃなかった。小さいほうの進展は、生きているエレン・テンザーを見たと判明している最後の人物がもうぼくじゃなくなったことだ。事件当日の金曜の午後、エレンは東六十八丁目に住むミセス・ジェイムズ・R・ネズビットなる女性の家を訪問していた。ニューヨークで看護婦をしていたときの元患者だ。ミセス・ネズビットは殺人絡みで新聞に名前が出るのがいやだと二週間近く情報提供を先延ばしにしたが、最終的に言わなければならないと判断した。地方検事は氏名を公表しない約束をしたんだろうが、どこかの記者がなんらかの方法で情報を手に入れ、報道の自由万歳、という結果になった。ミセス・ネズビットが実際に役に立ったわけではない。エレン・テンザーはある問題で弁護士の助言が必要なので、信用できる人の名前を教えてほしいと頼んだだけだった。で、ミセス・ネズビットは教え、予約のために弁護士へ電話をかけた。が、エレン・テンザーはその約束を守らなかった。弁護士が必要な理由は言わなかった。念のためミセス・ネズビットはソールの一覧表に追加されたが、十年間赤ん坊を産んでいなかったし、二十歳の娘は妊娠したことがなかった。

もう一つ、大きなほうの進展は、依頼人が撤退の寸前まで来たことだった。七月二日月曜日の午後四時十五分に電話がかかってきた。もちろん、ぼくは連絡を絶やさなかった。依頼人の金を一日三百ドル以上使ってなんの成果もない場合、できるのは電話をかけるか、こんにちはと顔を出して天気はいいが田舎では雨が必要でしょうねと挨拶するくらいが関の山だ。ルーシーが赤ん坊にミルクを与えるところを見たのが一回、昼食を一緒にとったのが一回、夕食は二回、ピノクル（トランプゲームの一種）の遊びかたを教え、ピアノの演奏をのべ六時間くらい聴いた。絨毯の敷かれていない食堂で、レコードに合わせてちょっとダンスもした。フラミンゴ・クラブかジロッティーズで夜を過ごしても不足のない相手だっただろうが、時期尚早だ。安全策を破ることになる。もし依頼人が内斜視だったり足首が太かったりしても、辛抱してもらうためにそこまで手間をかけるのかという質問があるのなら、答えはノーだ。

七月二日の四時十五分、ぼくは電話をとり、決まり文句を言いかけた。「ネロ・ウルフ探――」ルーシーが遮った。「アーチー、来られる？　今すぐだけど？」

「もちろん行けますよ。どうして？」

「男の人が来たの、警察官。今帰ったところ。ネロ・ウルフを雇ったのはいつかって質問をして、赤ちゃんのことをあれこれ訊いたの。来てくれる？」

「なんて答えたのかな？」

「なにも言うわけないでしょ。警察に個人的なことを訊く権利はないって言い返した。そう答えろって言ってたじゃない」

「そのとおり。名前は聞いた？」

「名乗ったけど、こっちはかなり……わからない」

「クレイマーだったかな？」

「クレイマー……ちがう」

「ロークリッフ？」

「ちがう」

「ステビンズ？」

「そんな感じだった。ステビンズ。そうね、そうだと思う」

「大柄でごつくて、鼻があぐらをかいていて、口が大きくて、丁寧に応対しようと頑張っていた？」

「そうね」

「わかった。ぼくのお気に入りの警官だ。安心して。ピアノでも弾くといいよ。二十分でなんとかする、尾行を気にする必要はないだろうから」

「来てくれるの？」

「あたりまえさ」

ぼくは電話を切り、家の内線電話を使って植物室にかけた。少し待つと、ウルフの声がした。「はい？」

「ミセス・ヴァルドンから電話がありました。パーリー・ステビンズが来て、あなたと赤ん坊について質問したそうです。ミセス・ヴァルドンはなにも答えませんでした。ぼくに来てほしいそうなので、今から出ます。なにか指示は？」

「ない。けしからん」

「はい。連れてきますか？」

「きみが必要だと思わなければ無用だ」電話は切れた。

ぼくは厨房に行って、もう一度顔を出すまで電話と玄関の番を任せるとフリッツに頼んで、家を出た。階段から歩道におり、東を向いたところで、無意識に視線を飛ばしたが、実際には尾行がいようがいまいが、もう気にしていなかった。どっちみち、ヴァルドン家にはほぼ確実に見張りがついている。ぼくは歩いた。タクシーで五分節約できたかもしれないが、どうってことない。それに、ぼくの足は手伝いを実感したがっていた。曲がって十二丁目に入り、家に近づくと、また自動的に視線を飛ばしたが、やっぱり気にはならなかった。もう取り返しがつかないのだから、肝心なのは流れ弾を避けることだ。ポーチへの四段の階段をのぼったが、呼び鈴のボタンを押す必要はなかった。ドアは開いていて、ルーシー本人がそこにいた。無言だった。ぼくが敷居をまたぐと、ルーシーはドアを閉め、背を向けて階段へ歩いていった。ぼくはついていった。どうやら親交を深めながら積み重ねてきた時間を忘れてしまったようだ。二階でルーシーは広間に入り、ぼくを通してからドアを閉め、こちらに向き直った。「警察にエレン・テンザーを知ってるかって訊かれたんだけど」

「そりゃそうです。当然ね」

「そんなとこに立って、当然なんて言うのね！　わたしは絶対に……ネロ・ウルフに会いにいったりしなければ……わかってるでしょ、アーチー！」

「グッドウィンさんと呼んでください」

ルーシーは大きな灰色の目を丸くした。

「重要なことを一つ」ぼくは言った。「個人的付き合いと仕事上の付き合いを混同するのは、どちらにとっても悪いことです。愛をこめて手をとりあいたいのなら、ありがたいですよ。非協力的な依頼人になりたいのなら、それもかまいません。ただ、非協力的な依頼人がぼくをアーチーと呼ぶのは不適切なので」

「非協力的なんかじゃありません！」

「じゃあ、不機嫌ですね」

「不機嫌じゃない。そうじゃないって、わかってるでしょう、わたしがネロ・ウルフに会いにいかなければ、あなたが見つけていなければ、あの女性は殺されたりしていなかった。無理よ！　今度は警察にネロ・ウルフのことを全部知られて、赤ちゃんのことも知られた。全部話すつもり。だから来てくれって頼んだの。どこへ行って、だれに話したらいいのか教えてもらいたくて。地方検事？　それに頼みたいことが……一緒に来てくれる？」

「だめです。電話を借ります」

「そんな、いいけど……もし……なんのために？」

「解雇されたとウルフさんに伝えるためです。そうなれば、ウルフさんは――」

「解雇するとは言わなかったでしょ！」

ぼくは眉をあげた。「むちゃくちゃなことばっかり言ってますよ、ミセス・ヴァルドン。この件については何度も話しあいましたよね、警察があなたにたどり着いて、事情聴取に来た場合にはどうなるか。手に負えないくらい危険な状況にならない限り頑張る、万一そうなった場合の見極めはこちらに任せる。こう、了解が成り立っていました。証拠隠滅とか司法妨害とかについての原則を説明してほしいとの希望にも、ぼくは応えましたよ。手を引くと決めるときはウルフさんが決めると、はっきり合意ができていました。なのにそちらが手を引くと決めたんですから、ウルフさんに電話をかけて自分の方針で進めるように伝えます。解雇については、ご希望なら別の言いかたをしてもいいですよ。契約から解放したとか。そのほうが聞こえがいいでしょう。一階の電話を借ります」ぼくは背を向けた。

指がぼくの腕をつかんだ。「アーチー」

ぼくは振り返った。「いいですか」と告げる。「お芝居をしているんじゃありません。芝居中じゃないですけど、あなたの足下に跪いて靴を脱がせ、冷たい足を擦って温めたりは絶対にしませんから」

ルーシーがぼくの首に腕を投げかけ、体を預けてきた。

というわけで、十五分後、いや、二十分後かもしれないが、ぼくらはマティーニを手に、長椅子に座っていた。ルーシーが話していた。「個人的付き合いと仕事上の付き合いを混同する話、自分でもばかばかしいって知ってるでしょ。もう一か月近くもそうしてきて、こうなってるんだから。きっかけはわたしね、あなたがはじめてここに来たとき、お酒を交換して、あなたの気をひこうとはしていないって話をして。あのときどうして笑わなかったの？」

「笑ったよ。牡蠣が異性の気をひくって話をしたら、出ていったじゃないか」

ルーシーはにっこりした。「認めることがあるんだけど」

「いいね。交代制にしよう」

「あのとき、わたしは本気であなたの気をひこうとしていないって思ってたの。どうやったら、そんなばかに我慢できるの？」

「できないよ。今も昔も」

「どういうこと？」ルーシーは眉を寄せた。「ああ。どうもありがとう。でも、わたしはばかなのよ。ネロ・ウルフに電話をかけるって話をしていたとき、当然これからどうなるかを考えていなきゃいけなかった。電話しないように頼むべきかとか、このあとどうしようとか、そんな感じのこと。でも、わたしが実際に考えていたのは、あの人は二度とわたしにキスすることはないってことだったの。自分がそんなに賢くないことはずっと前からわかってた。例えば、わたしがネロ・ウルフの依頼人だと、あの警官が突きとめた方法の手がかりはあったかって、さっき訊かれたけど……賢かったら、なにか手がかりがつかめたのに。ちがう？」

「ちがうよ。パーリー・ステビンズからは無理だ。ステビンズは次になにを言うかを決められないことはあるけど、言っちゃいけないことはいつだってちゃんとわかってる」マティーニを口に運んだ。「仕事の話に戻ったから、はっきりさせておきましょう。考え違いをしているかもしれないから。あなたはまだ依頼人ですか？」

「はい」

「最後まで頑張りとおしたいって気持ちに、絶対に嘘はないですか？」

「ほら」ルーシーは片手を差し出し、ぼくはその手をとった。それがぼくらの親密な関係の発端だった。三週間前、一覧表を作って協力を求める四人の男性を選びながら、ぼくらは長い夜を過ごした。たとえ一秒でも握手がお決まりの挨拶の範囲を越えたなら、それは実験になる。同じ瞬間にお互い充分だと感じたら、それでいい。ただし、自分より先に相手が手を放したら、もしくはその逆だったら、注意が必要だ。波長が合っていない。最初のとき、ルーシーとぼくはぴったりだった。今回もそうだった。

「わかった。ぼくらは大きな危険にさらされている。詳しい説明はしない、ぼくと同じぐらいわかってるはずだからね。そちらのやるべきことは大変かもしれないけど、単純だ。単純になにも言わない、どんな質問にも答えない。だれが訊いても。大丈夫かな？」

「大丈夫」

「地方検事局に出頭するよう要請されたら、断る。ステビンズかだれかがここに来たら、会う会わないはお好みで。ただし、なにも話してはいけないし、手がかりを引き出そうとしないように。ネロ・ウルフを雇ったこと、赤ん坊のことをどうやって突きとめたかについては、もう問題じゃない。ぼくはマニュエル・アプトンからじゃないかと思うけど、答えを知るために五セントだって出さないよ。もしアプトンの差し金だったとしたら、匿名の手紙については答えない質問の一つになるね。ウルフさんとぼくにとって、手紙は一番始末に悪い問題点になる可能性がある。でも、わかっていたことだから。ウルフさんは例の四人に手紙は金庫に入ってると話した。提出しろって裁判所命令が出て、存在しないって返事をしたら、証拠隠滅で告発されるかもしれない。証拠を隠すより悪質だ。とってもおもしろいだろうから、忘れずに笑わなきゃ」

「アーチー」

「なんだい？」

「ちょうど六週間前、わたしはなんとか生きていただけだった。二階に赤ちゃんはいなかったし、あなたに会っていなかったし、まさか……こんなことになるなんて夢にも思わなかった。無理だって言ったとき、わかってくれたでしょ？」

「もちろん、わかったさ」ぼくは腕時計に目をやり、マティーニを飲み干してグラスをおろし、立ちあがった。「引きあげたほうがいいな」

「帰らなきゃいけないの？　夕食をとっていったら？」

「そこまでの勇気はないんだ。今は五時半だ。五分五分の確率で、六時かその直後にステビンズかクレイマー警視が来る。ぼくは事務所にいるべきだ」

ルーシーは肩を丸め、戻して長椅子から立ちあがった。「じゃあ、わたしがやらなきゃいけないのは、なにも言わないことだけね」立ったまま、顔を上に向けた。「そういうことなら、あとで戻って説明して。仕事上の関係」

なんだったのか、ぼくにはわからない。ルーシーの言葉か、言いかたか、目の表情か。なんであれ、ぼくは口元を緩めた。そして笑った。ルーシーも笑っていた。三十分前には、こんなに早く心から一緒に笑えると思うことさえ難しかった。会話を終わらせるのにちょうどいいきっかけだったので、ぼくは背を向けて出ていった。

古い褐色砂岩の家の玄関で鍵を開けたのは、午後六時二分前だった。厨房に顔を出してただいまとフリッツに声をかけ、事務所に入った。ちゃんとした人間でもたくさん不必要な質問をするものだ。例えば、フリッツに電話があったかと確認したぼくの質問とか。第一、訊かれなくてもフリッツは知らせてくれただろう。第二に、クレイマーやステビンズはめったに電話をかけてこない。ただ、来るのだ。ウルフの日課を把握しているから、ほぼ決まって午前十一時、昼食後の午後二時半頃、午後六時のいずれかだ。事務所に入るとき、エレベーターが昇降路をおりてくる音がしていた。

ウルフが入ってきた。いつもなら机まで行ってから口か顔で質問するのだが、今回は途中で足を止め、しかめ面をして怒鳴った。「首尾は？」

「上首尾ですよ」ぼくは答えた。「あたりまえじゃないですか。ショックに身構えるのと、実際に受けるのは別物です。ミセス・ヴァルドンはちょっと怯えていました。あなたが引き続き指揮官になってくれるという保証が多少必要でしたから、ぼくが提供しておきました。質問を拒否するときに、例外を認めない理由も飲みこんでいます。パーリーはエレン・テンザーを知っているかと訊いたそうです。手札は変えずにいけると思います」

「そうだな」ウルフは本棚に近づき、背表紙を眺めた。ウルフの目が棚の上二段に向けられたときに気を揉むのは、とっくの昔にやめた。手の届かない高さにある本を読み返そうとウルフが決心したら、はしごをとりにいき、必要な段数をのぼり、おりてくることになる。ウルフはよろめきもしないし、ましてや踏み外したりもしない。今回は高い位置にも低い位置にも読む気になる本はなかったようで、ウルフは地球儀の前に移動して、ゆっくりした動作で回しはじめた。捨て子の母親が身を隠していそうな場所か、街を爆破しなければいけなくなったときに着火できる場所でも探しているんだろう。

夕食の時間にお客は来なかった。電話が二本かかってきたが、当局からではなかった。一本はソールからで、さらに二つの名前が除外されたという報告だった。もう一本はオリーだった。一人を除外して、残り二人だけになったそうだ。フレッドはアリゾナ州だ。そろそろ頼みの綱の端も近い。

テーブルでウルフはストロベリー・ロマノフ（イチゴ、アイスクリーム、生クリームに洋酒を効かせた冷たいデザート）を食べおえ、ナプキンで口を拭い、椅子を引いた。ぼくは立ちあがって、告げた。「コーヒーはご相伴しません。緊急事態でない限り夕食後にクレイマーたちは来ませんし、ちょっと約束があるので」

ウルフは唸った。「連絡はつくのか？」

「もちろんです。ミセス・ヴァルドンの番号に。名刺に出てます」

ウルフはぼくに目を向けた。「ふざけているのか？　怯えていたが、安心させたと言っていたではないか。本当は動揺しているのか？」

「ちがいます。しっかりしてますよ。ただ、あなたが手を引くんじゃないかと心配しているかもしれません。あなたと話したあとで戻って報告してくれと頼まれたんです」

「くだらん」

「はい。ただ、ミセス・ヴァルドンはぼくほどあなたを知っているわけじゃありません。あなたもぼくほどミセス・ヴァルドンを知りませんしね」ぼくはナプキンをテーブルに置いて、家を出た。

第十一章

　クレイマーは七月三日火曜日の午前十一時十五分にやってきた。玄関の呼び鈴が鳴ったとき、ぼくはごく個人的な用件で電話中だった。遡《さかのぼ》ること五月、ぼくは七月四日までの週末五日間でウェストチェスター郡の友人の家へ行く約束をしていた。ただ、母親探しが長距離走になって招待を断るしかなくなったのだ。電話はその友人からで、四日に車で来るのなら爆竹の箱とおもちゃの大砲が待っているとの知らせだった。呼び鈴を耳にして、ぼくは言った。「ぜひ行きたいさ。けど、今もポーチで警視を待たせてるんだ、いや巡査部長かもしれないけど。この家に入りたがっててね。今夜は刑務所かもしれないいな。会うのは裁判の法廷で」

　電話を切ると、呼び鈴がまた鳴った。廊下に出てマジックミラーで確認し、クレイマーだと教えたところ、ウルフは唇を結んだだけだった。玄関に行き、ドアを大きく開けてこう挨拶した。「こんにちは。ウルフさんはちょっとご機嫌斜めですよ。昨日来ると思ってたものですから」挨拶のほとんどは無駄になった。クレイマーは背を向けて廊下をずかずか進み、事務所へ入ってしまったのだ。ぼくも続いた。クレイマーは冬と夏、雨の日と晴れの日にかぶる古いフェルト帽を脱いで、赤革の椅子に腰をおろした。急ぐ様子はなく、帽子を小テーブルに置き、ウルフをじっと見た。ウルフもじっと見返した。たっぷり五秒はそのままで、二人はただ睨みあっていた。睨めっこじゃない。どちらも相手に勝てるとは思っていなかった。げんこつを振りかざしていただけなのだ。

クレイマーが口を開いた。「二十三日間だぞ」声がしゃがれていた。珍しい。ウルフがクレイマーの声をしゃがれさせるのに、普通は十分くらいかかる。それに、大きな丸顔はいつもよりちょっと赤い。ただ、七月の暑さのせいかもしれなかった。

「二十五日間です」ウルフが訂正した。「エレン・テンザーが亡くなったのは、六月八日の夜でしたから」

「おれがここに来てから、二十三日だ」クレイマーは椅子にもたれた。「どうしたんだ？　行き詰まっているのか？」

「はい」

「冗談言うな。なにが、だれが原因だ？」

ウルフの唇の片端が八分の一インチあがった。「答えるには、わたしがなにを狙っているのかを説明しなければならないので」

「わかってる。ちゃんと聞いてやるぞ」

ウルフは首を振った。「クレイマー警視。わたしは二十三日前から一歩も前進していません。あなたへの情報はありません」

「そりゃ信じがたいな。あんたが三週間以上も足踏みしているなんて初耳だ。エレン・テンザーを殺したやつを知ってるのか？」

「その質問には答えられます。知りません」

「いや、知ってるだろう。今、ミセス・リチャード・ヴァルドン以外に依頼人はいるのか？」

「その質問にも答えられます。いません」

「なら、エレン・テンザーを殺した犯人を知ってるはずだ。ミセス・ヴァルドンがあんたを雇った目的がなんであれ、エレン・テンザーの殺害と関係があるのは確実だからな。逐一指摘するまでもない。ボタン、アン・テンザー、エレン・テンザーが預かってた赤ん坊のオーバーオール、ミセス・ヴァルドン宅にいる赤ん坊、グッドウィンとマホーパックのエレン・テンザーとの面会、直後の被害者の急な外出。グッドウィンがエレン・テンザーに面会したことと、殺人に直接的な関係があることを否定するのか?」

「いいえ。ただ、肯定もしません。わからないのです。あなたも同じでしょう」

「どの口が言う」クレイマーの声はさらにしゃがれてきた。「あんたの話はそれで終わりじゃないだろう、こっちもだ。あんたも警察も立証できないって意味ならいいさ、が、あんたは立証するつもりだ。ミセス・ヴァルドンがなんのためにあんたを雇ったかは知らん。ただ、あんたが殺人犯を捕まえるつもりでいるのはちゃんと知ってる。犯人が依頼人じゃなければな。ミセス・ヴァルドンが犯人だと思ってるわけじゃない。あんたは犯人を知ってるっていうのが、こっちの見立てだからな。あの女が犯人なら、あんたはとっくに手を切ってただろう。あんたが犯人を知ってると思う理由は説明できるぞ」

「どうぞ」

「さぞかし聞きたいよな。否定するか?」

「作業仮説としては、認めます」

「いいだろう。あんたはミセス・ヴァルドンの金を湯水のように使ってる。パンザーとダーキンとキャザーは三週間調査をしてる。連中は毎日ここに顔を出す。一日二回来るときもある。なにをしてるのかは知らんが、してないことならわかる。グッドウィンも含めてな。どいつもこいつもエレン・テンザーを完全に無視してる。一人もマホーパックに行ってないし、ミセス・ネズビットともアン・テンザーとも会ってない。エレン・テンザーの記録を探ろうともしないし、友人や近所の人に聞きこみもしなけりゃ、こっちの部下にあたってみようともしてない。あの三人は被害者にこれっぽっちも興味がないんだ。グッドウィンも。とはいえ、あんたはエレン・テンザーを殺したやつを知りたいはずだ。つまり、あんたはもう知ってるんだよ」

ウルフは唸った。「実にもっともらしい言い分ですが、放棄してください。だれがエレン・テンザーを殺害したのか、見当もつかないと誓います」

クレイマーはウルフを見つめた。「誓うのか?」

「はい」

これでその問題は決着した。ウルフが誓うと言ったら、それは正真正銘の事実で罠などないことを、クレイマーは経験上知っている。「だったら」と追及した。「パンザーとダーキンとキャザーは、いったいなにをしてるんだ?　それにグッドウィンも?」

ウルフは首を振った。「だめです。三人がなにをしていないかはわかっていると、言ったばかりではありませんか。警察の領分を侵してはいません。殺人を捜査しているわけではないのです。グッドウィン君も。わたしもです」

クレイマーがぼくを見た。「お前は保釈中だったたな」

ぼくは頷いた。「当然、ご存じですよね」

「夜はミセス・ヴァルドンの家で過ごしたな。昨日の晩だ」

ぼくは片方の眉をあげた。「その発言には勘違いが二つあります。第一に、事実じゃありません。第二に、仮に事実だとしたところで、殺人となんの関係があるんです?」

「何時に引きあげた?」

「引きあげてません。まだそこにいます」

クレイマーは片手を裏返した。「ふざけるな、グッドウィン。おれが報告書にのっとらなけりゃならないのはわかってるな。午後八時から午前二時までの見張りは、お前が九時二十五分に家に入り、出てこなかったと言ってる。二時から八時までの担当者は、お前が出てこなかったと言ってる。どっちが見落としたのか知りたい。帰ったのは何時だ?」

「なんのために来たのかと、不思議に思ってたんですよ」ぼくは言った。「殺人の捜査のはずがないのはわかってました。あなたがドタバタ飛び回ってるんですからね。つまり、部下たちの勤怠確認をしてるってことですか。いいでしょう。ミセス・ヴァルドンとぼくは少々盛り上がって、夏の夜の歩道でダンスをするために午前一時四十五分には外へ出ました。二時十五分には、ミセス・ヴァルドンは家に入り、ぼくは引きあげました。だから二人ともぼくを見落としたんです。それにもちろん――」

「お前はふざけてるうえに嘘をついてるな」クレイマーは片手をゆっくりとあげて、鼻をつまんだ。ウルフを見やる。ポケットから葉巻をとりだして睨み、両手に挟んで転がすと、口に突っこんでがっちり嚙んだ。「オールバニーに電話を一本かければ、お前らの探偵免許はとりあげられる」

ウルフは頷いた。「たしかに」

「だがな、あんたはとんでもない意地っ張りだ」クレイマーは葉巻を口からはずした。「こっちが免許を没収できることをあんたは知ってる。重要参考人としてあんたを引っ張って調べあげられることも知ってる。泥沼にはまりこんだら重罪で訴追されても自分が無防備だってこともわかってる。それでもあんたは意地を通すだろうからな、締めあげて自分の呼吸を無駄にする気はない」

「理にかなっていますな」

「そうだとも。ただ、あんたには依頼人がいる。ミセス・リチャード・ヴァルドンだ。あんたとグッドウィンは証拠を隠してるだけじゃなく、依頼人にもそうしろと指示した」

「ミセス・ヴァルドンがそう言っているのですか？」

「言わなくたって、わかる。しらばっくれるな。指示したに決まってるんだ。あの女はあんたの依頼人で、だんまりを決めこんでるんだからな。地方検事が出頭を要請したら、断られた。だから、こっちで引っ張る」

「少し勇み足ではありませんか？　あれほどの後ろ盾と地位がある市民ですよ」

「情報を握ってるってこっちが知ってるんだから、問題ない。グッドウィンがエレン・テンザーに会いにいった原因、オーバーオールのボタンがある。ミセス・ヴァルドンの説明じゃ、赤ん坊が自宅のポーチに置き去りにされて今は自宅で預かってるらしいが、その子が問題のオーバーオールを着てた。だから――」

「ミセス・ヴァルドンは口を開かないという話だったじゃないですか」

「最低でも二人にそう説明したんだよ。赤ん坊がポーチに捨てられていた、そのとき家には自分一人だったってな。警察には口を割らない。ただ、多少でも分別があればいずれ話すさ。後ろ暗いところがないならな。本当に潔白なら、洗いざらい白状するとも。あんたを雇った目的や、あんたの行動も含めてだ。誘拐みたいな悪質な犯罪だとは思っちゃいない。ミセス・ヴァルドンは弁護士を雇って一時的な保護預かりを合法的に承認させているからな。ただ、ヴァルドン家にいる赤ん坊は、五月二十日頃までエレン・テンザーが自宅に置いていた赤ん坊だってことには、絶対の自信がある。グッドウィンがアン・テンザーに見せたオーバーオールとそっくりのやつが、エレン・テンザーの家に二着あった。ボタンも同じ種類だ。あの胸くそ悪いボタンだよ」

ボタンに当たり散らすのはお門違いな気がしたが、おおかたニコラス・ローセフに事情聴取でもしたんだろう。

クレイマーは話を続けた。「で、あの赤ん坊についてミセス・ヴァルドンが知っていること、あんたが知っていることを聞きたい。地方検事はミセス・ヴァルドンの弁護士と医者からはなにも聞きだせなかった。当然、秘匿特権があるからな。乳母とメイドと料理人に特権はないが、なにか知っていたとしても口止めされてる。乳母は赤ん坊について知ってるのは、健康な男の子で生後五か月から七か月だってことだけだと言い張ってる。だから、ミセス・ヴァルドンは母親じゃない。十二月もしくは一月には、妊娠していなかった」

「先ほど誓いましたが」ウルフは言った。「エレン・テンザーを殺した犯人については、見当もつきません」

「聞いた」

「改めて誓いますが、赤ん坊についてもあなた以上の知識はありません。親がだれなのか、どういう事情を抱えているのか、ヴァルドン家のポーチに置き去りにしたのはだれなのか」

「信じられんな」

「意味がわからん。もちろん、信じているのです。伝統あるよき言葉をわたしが汚すはずがないのは、よくおわかりでしょう」

クレイマーはウルフを睨んだ。「だったら、いったいあんたはなにを知ってるんだ？　ミセス・ヴァルドンはなんのためにあんたを雇ったんだ？　なぜ隠しておいた？　なぜ黙るように指示したんだ？」

「内密の依頼だったのですよ。たとえ、明らかに不適格だとしても弁護士や医師には認められている特権が、なぜわたしには否定されなければいけないのです？　ミセス・ヴァルドンは法律を犯してはいない、説明する義務のあることは一切していない、起訴可能な犯罪の知識もない。まったくなにも――」

「あんたを雇った目的は？」

ウルフは頷いた。「そこに障害があるのです。わたし、もしくは依頼人が細かい情報を含めた一切合切を警察に話せば、ミセス・ヴァルドンは世間の注目の的になるでしょう。ポーチに置き去りにされたとき、赤ん坊は毛布にくるまれていました。その毛布の内側には、一筆したためられた紙がありきたりのピンで留められていました。文字はゴム印によるものでした。主に子供たちが使用するスタンプセットですな。従って――」

「内容は？」

「話の腰を折ってますよ。従って、手がかりとしては役に立ちません。その手紙のせいで、ミセス・ヴァルドンはここへ来ることになったのです。もし――」

「どこにある?」

「もし内容を教えれば、依頼人は低俗な悪評に巻きこまれるでしょう。手紙は——」

「手紙が必要だ、今すぐに!」

「話の腰を折るのは四回目です、クレイマー警視。わたしの忍耐は無限ではない。手紙の内容は公にはならないと、当然あなたは誠意を持って断言するでしょう。が、あなたの誠意では不充分なのです。ミセス・ネズビットは名前を公表されることはないと保証されたはずですが、実際は世間に知られてしまいました。ですから、手紙は渡せません。先ほど言いかけていたのですが、手紙は殺人犯を突きとめる手がかりにはなりません。この重要性のない手紙を除けば、わたしの知っていることすべてをあなたは把握しています、依頼人を突きとめたのですから。ミセス・ヴァルドンがなんのためにわたしを雇ったかについては、言うまでもありません。赤ん坊の母親を見つけるためです。グッドウィン君、パンザー君、ダーキン君、キャザー君はその問題に、その問題だけに三週間以上も取り組んできたのです。わたしが行き詰まっているかどうかと尋ねましたね。行き詰まっています。途方に暮れているのです」

「そうだろうとも」クレイマーは目をぐっと細めた。「手紙を渡さないのに、なぜその件を話した?」

「ミセス・ヴァルドンがポーチに捨てられた赤ん坊に心を砕いている理由を説明するためです。依頼人が不快な目に遭うのを防ぐために、わたしを雇った目的を話す必要があった。話せば、理由を説明せざるをえなかった」

「もちろん、あんたが手紙を入手したんだな」

「そうかもしれません。手紙の提出を判事に命じさせるつもりなら、入手はできないでしょう。無駄骨ですよ」

「そんなつもりはない」クレイマーは立ちあがった。一歩前に出て、ぼくのゴミ箱めがけて葉巻を投げる。いつもどおり、はずれた。そして、ウルフを見おろす。「そんな手紙があるなんて信じないぞ。あんたは例の伝統あるよき言葉を使わなかった、ちゃんと気づいてるんだ。ミセス・ヴァルドンが捨て子に一財産かけて、口をつぐんでる本当の理由を知りたい。あんたから聞けないなら、あの女から聞きだしてやる。手紙があるのなら、それはあの女から手に入れる」

ウルフは机を拳で叩いた。「あげくの果てが、これか！」と怒鳴る。「最大限譲歩して、二つの重要な点について誓ったあげく、この仕打ちか！　わたしの依頼人を迫害するつもりなんだな！」

「ああ、そのとおりだ」クレイマーはドアに向かって一歩踏み出したが、帽子を思い出して赤革の椅子越しに手を伸ばし、ずかずかと出ていった。ぼくは廊下に出て、ドアが閉まったときクレイマーが外にいることを確認した。事務所に戻ると、ウルフが言った。

「匿名の手紙の件は一切触れられなかったな。計算ずくか？」

「ちがいますね。あの調子なら、警視は持っている武器を手当たり次第に使ったでしょう。だから、内通者はアプトンじゃありません。それが大事だってわけじゃないですけど。ミセス・ヴァルドンへの糸口は、一ダースはありますから」

ウルフは鼻から腹いっぱいに空気を吸いこみ、口から吐き出した。「あの手紙を除けば、警視の知らないことは、ミセス・ヴァルドンもなに一つ知らない。手紙の件だけを保留して話をするように指示するべきか？」

「だめです。仮に十の質問に答えたとしたら、警察は質問を百万にします。ぼくはミセス・ヴァルドンにこれからの雲行きを説明してきますよ。で、警察が逮捕状を持ってきたら、立ち会うことにします。パーカーに電話で一報を入れておくべきだと思いますね。明日は七月四日の独立記念日ですから、休日に保釈の手続きをするのは手間がかかるかもしれません」

「ろくでなしめ」ウルフは怒鳴った。クレイマーのことだろうか、それとも依頼人だろうかと考えながら、ぼくは玄関へ向かった。

第十二章

七月七日土曜日の午後三時半にソール・パンザーから電話があり、ウィリス・クリュッグの事務所で働いている若い女性を除外し、養子縁組の最後の隙間が埋まったとの報告を受けた。これで母親探しの第二段階が終了した。ぼくら五人（ウルフも入れたほうがいいだろう）総出での実に見事な仕事ぶりだった。百四十八人の女性を調べあげ、除外し、だれの顔もひっかかれずにすんだ。実に見事だ。まさに骨折り損じゃないか。ソールには、今のところこれで全部だがこの先また用ができるかもしれないと話した。フレッドとオリーはもうお役御免にしてあった。

ウルフは座ったまま、たまたま目に入ったものに見境なくしかめ面を向けていた。で、ぼく向けの計画はあるのかと訊いてみた。ウルフは状況には当然でもぼくには当然じゃない表情を見せつけ、ぼくは海水浴に出かけて日曜の夜に戻ると宣言した。ウルフは連絡先を訊きもしなかった。それでも、出かける前には電話番号のメモを机に置いておいた。ルーシー・ヴァルドンが夏の間借りている、ロングアイランドの別荘の番号だ。

クレイマーに吠えかかられたことは地方検事に嚙みつかれたことよりも、もっとひどい影響があった。ルーシーはこれまで自分の名前を新聞にも出させていなかった。それだけに、ぼくが火曜日の正午に十一丁目へ顔を出してお客が来ると伝えたところ、ちょっとした怯えの発作を起こし昼食をあまり食べなかったが、三時頃来た殺人課の刑事は逮捕状さえ持っていなかった。地方検事本人の署名があったものの、ただの要請書だった。四時間後くらいにルーシーが電話してきたときには、もう自宅からだった。殺人課を束ねる警部と二人の地方検事補にそれぞれ攻撃され、一人はかなり手強かったそうだが、ルーシーの安全は一つも脅かされなかった。取り調べ相手に黙秘されて面倒なのは、選択肢が二つしかないところだ。ただ座って相手を見つめるか、相手をぶちこむか。ルーシーはアームステッド家の一員で、家を所有し、友人がたくさんいて、エレン・テンザーを殺したか犯人を知っている確率は一千万分の一だ。というわけで、ルーシーは七月四日には赤ん坊と乳母とメイド、料理人とともに海辺の別荘で過ごした。寝室が五つに手洗いが六つある。部屋が全部使われているときに、殺人課の刑事が顔を出して手洗いを借りたいと言ったらどうなる？　備えはしておかなくては。

休みで職場にいないときは、現在進行中の事件があったとしてもぼくは事務所や仕事をいつも頭から追い出す。とりわけウルフのことは思い出さない。ただ、その日曜日の海岸では女主人が依頼人ということもあり、ルーシーが屋内で赤ん坊にミルクをやっている間に、ぼくは砂の上で寝転びながらちょっと考察をしてみた。百パーセントお先真っ暗。事件を最初に考えたときに手のつけようがないと思えることは珍しくないが、いつだってある程度とっかかりは見つけられる。今回はちがった。捜査をはじめて五週間近く経つ。二つの線を追って、どちらも行き詰まった。考えられる範囲で、他に有望な線は見あたらない。ぼくはある考えを買う気になりかけていた。リチャード・ヴァルドンは赤ん坊の父親ではなく、母親の女性とは一度も会ったことがない。その女性は、頭が少々おかしくて、ヴァルドンの本を読むか、ヴァルドンをテレビで見るかして、育てるのに都合がよくない赤ん坊ができたとき、ヴァルドンの名前を受け継ぐように謀《はか》る決心をした。そんな異常な人間絡みの話なら、母親探しは雲をつかむようなもので、唯一の希望はその女を忘れて殺人犯を追いかけることだ。で、警察はまるまる一か月もそれをやってる。最低でも、九十九パーセントお先真っ暗。背中を砂浜に預けて目を閉じたまま品位に欠ける言葉を口にしたとき、ルーシーの声がした。「アーチー！　咳払いをしておかなきゃいけなかったみたいね」

ぼくは大急ぎで立ちあがり、打ち寄せる波へ向かった。

そして月曜日の午前十一時、ウルフはあてのありそうな様子で事務所に入ってくると、蘭を花瓶に生け、腰をおろして、郵便物には目もくれずにこう言った。「ノートを」

これが第三段階のはじまりだった。

昼食までには計画の最後の細かい点まで詰め、あとは実行するだけとなっていた。もちろん、そこはぼくの担当だ。準備には三日しかかからなかったが、実際の行動に出るにはさらに四日必要だった。日曜版の『ガゼット』は、日曜にしか発行されないからだ。ぼくの三日間は以下のとおり。

月曜の午後。海岸に戻り、依頼人に計画を売りこんだ。ルーシーが渋ったので、夕食まで残った。ルーシーが嫌がった点は町に戻ることよりはむしろ、世間の目を引くことだった。特例として公私混同をしなければ、今回はどうにもならなかっただろう。引きあげるときには、ルーシーから水曜日の正午までに十一丁目の家へ戻って必要な間は滞在するという約束をとりつけた。

火曜の午前。四十七丁目にあるポザート・カメラ専門店の共同店主、アル・ポズナーを訪ねた。そして、乳母車の購入に同行して商品選びに協力してくれと頼みこんだ。乳母車を店に持ち帰り、カメラの使用目的を説明したうえで、機種の選定ととりつけは任せることにした。アルは水曜日の正午までには準備しておくと約束した。

火曜の午後。『ガゼット』新聞社ビルの二十階にあるロン・コーエンの事務所へ。ロンに肩書きがあるとしても、ぼくは知らない。角の大きな社長室から廊下を進んで二つ目めにある小さな部屋のドアには、名前しか書かれていないのだ。ここ何年かで百回は来ただろう。部屋に入るとそのうち少なくとも七十回は、ロンは机に置かれた三つの電話のどれかで通話中だった。その火曜日もそうだった。ぼくは机の端にある椅子に座って待った。

ロンは電話を切って、片手でなめらかな黒髪をすいたあと椅子を回し、素早く動く黒い目をぼくに向けた。「どこでそんな日焼けをしたんだ？」

「焼けてない。肌の色を特に意識はしてないんだろ」ぼくは頰を撫でた。「きれいな小麦色じゃないか」

その問題を片づけ、いや、むしろ片づけずに、ぼくは足を組んだ。「ついてるよ。ぼくがそれなりに好意を持ってるっていうだけで、こっちから出向いて、町のどの新聞社でも千ドルで買うような特ダネを提供するんだから」

「それはそれは。あーんしてみろ（馬の年齢は歯でわかることから、もらい物〔贈られた馬〕にケチをつけるの意）」

「馬じゃあるまいし。人の好意にケチをつけるもんじゃないぞ。ルーシー・ヴァルドンって名前、聞き覚えがあるよな。小説家、リチャード・ヴァルドンの未亡人だ」

「あるよ」

「日曜版の特集記事にしてもらう。一面まるまる使用。ほぼ写真。健全で立派な見出し、そうだな、『乳飲み子を慈しむ女性たち』とか。文章はたいした量にはならないけど、そっちの言葉の魔術師の一人に作成してもらおう。有名作家の未亡人で、若くて美人の金持ちミセス・ヴァルドンが、実子はいないのに豪邸で赤ん坊を一人引きとって愛情をこめて世話をしていること。献身的な乳母を雇い、そのよちよち歩き……いや、まだよちよち歩きは無理だから、小さな天使とか、小さないい子ちゃんかな。まあ、記事を書くのはぼくじゃないんで。とにかく、その子をかわいがる経験豊富な乳母を雇った経緯。乳母が一日に二回、午前十時から十一時までと午後四時から五時まで高価な乳母車で赤ん坊を散歩に連れ出し、ワシントン・スクエアを一周すること。自然の美しさを堪能する赤ん坊。木とか草とかなんとか」

ぼくは手を振った。「詩的じゃないか。社内に詩人がいるんなら最高だが、今の細かい情報を盛りこんでもらわなきゃ困る。写真はそっちの好みでかまわない。赤ん坊にミルクをやるミセス・ヴァルドンとか、裸が好きなら風呂に入れているところでも。ただし、一枚だけ、ワシントン・スクエアにいる乳母と乳母車の写真だけは必須だ。そこは譲れない。あと、次の日曜版に載せてもらわなきゃならない。撮影は明日の午後にできる。礼は暇なときでいいよ。なにか質問は?」

ロンは口を開けた。表情からして礼を言うためではなかったようだが、ちょうど電話が鳴った。ロンは体の向きを変えて、緑の電話の受話器をとった。耳を傾けて、話をする。聞いているのがほとんどで、通話を終えた。「けつを蹴る大会に片足で参加するやつ顔負けの図太さだな」と言う。

「その発言は下品なだけじゃなく」ぼくは言った。「的外れだ」

「どの口が言うんだ。覚えてるだろう、一か月前のある日、エレン・テンザーのことを訊きにここへ来ただろ。ボタンを見つけたのかって、おれは訊いた」

「言われてみればそうだったな」

「で、お茶を濁された。いいさ、ただし今回は話を聞かせてもらう。ボタンについての情報量はそっちの勝ちだ。それでも、これくらいは知ってるんだよ。ボタンは乳児用のオーバーオールについてた。エレン・テンザーがそのボタンを作った。ボタンはテンザーの自宅にあった乳児用のオーバーオールにもついていた。テンザーの家には少し前まで赤ん坊がいた。お前が会いにいった日の夜、エレン・テンザーは殺された。で、今度はルーシー・ヴァルドンと赤ん坊絡みで、こんなきなくさい話を持ちこんでくる。質問はあるかって訊いたんだから、させてもらう。ルーシー・ヴァルドンの家にいる赤ん坊は、エレン・テンザーが自宅で保育していた赤ん坊か?」

もちろん、こう訊かれるとわかっていた。「口外無用のここだけの話だぞ」ぼくは念を押した。

「わかった」

「こっちから連絡するまでは非公開だ」

「わかったたって言ったろ」

「だったら、そのとおりだ」

「ルーシー・ヴァルドンが母親か?」

「ちがう」

「ルーシー・ヴァルドンがウルフの依頼人かどうかは訊かない。訊くまでもないさ。そうじゃなければ、悪だくみに仲間入りさせたりしないだろう。その悪だくみだけど、辞退する。絶対無理だ」

「この話は罠じゃない、ロン。ミセス・ヴァルドンはそっちの免責契約に署名するよ」

ロンは首を振った。「だれかが爆弾を投げつけたら、それじゃ助からない。エレン・テンザーは赤ん坊のせいで殺されたっていうのが、当然の読みだ。あの赤ん坊はやばい。理由は知らないが、それはたしかだ。その赤ん坊にスポットライトをあてろってんだろ。住んでる場所だけじゃない、一日二回家の外で見つけられる場所にもだ。最高だよ。『ガゼット』が特定したことになる。で、次の日に赤ん坊がさらわれたり、轢き逃げされたり、殺されたり、なにかあったりしてみろ。だめだ、アーチー。来てくれて、ありがとうな」

「そんな危険はない、まじめな話だ。大丈夫だって」

「太鼓判を押すだけじゃな」

ぼくは組んでいた足をおろした。「今までの話は全部非公開だ」

「そうだったな」

「さらに非公開の話だ。千対一で誘拐だのなんだのの面倒ごとは起きない。ミセス・ヴァルドンは今日から五週間前、赤ん坊の母親を突きとめるためにネロ・ウルフを雇ったんだ。赤ん坊はミセス・ヴァルドンの家のポーチに捨てられてた。依頼人はなにも知らなかったし、今でもなにも知らない。母親を見つけようとして依頼人の金と自分たちの時間と労力をたっぷり使ったけど、なんの成果もなかった。まだ努力はしてる。そこで、今回の取り組みだ。理由はどうあれ、六か月前に赤ん坊を産んで捨てた女は子供の様子を見たがってるって理論に基づいている。『ガゼット』の記事を見てワシントン・スクエアに出向き、写真で乳母と乳母車を見分ける。で、覗くってわけだ」

ロンは小首をかしげた。「ミセス・ヴァルドンの赤ん坊が自分の子だって知らなかったら？」

「たぶん知ってる。知らなかったら、時間と労力と金のさらなる無駄遣いになるな」

「『ガゼット』の販売部数は約二百万だ。記事を掲載したら最後、翌日には大群の女が乳母車にたかるぞ。そうなったら？」

「大群じゃないことを願うよ。たしかに、多少は集まるだろうな。ま、乳母は探偵だ。現役最高の女探偵だよ。聞いたことくらいあるかもな……サリー・コルベット」

「ある」

「ソール・パンザーとフレッド・ダーキンとオリー・キャザーが射程内で控えてる。三台の隠しカメラが乳母車にとりつけられて、乳母役は使いかたを心得てる。赤ん坊の様子がわかる距離まで近寄った全員が撮影される。で、ミセス・ヴァルドンに見せる。赤ん坊はポーチに置き去りだったんだから、母親はきっとミセス・ヴァルドンに面が割れてるんだろう。写真は他の何人かにも見せるけど、そっちの名前は必要ないはずだ。もちろん一ダースくらいの運頼みだよ、でも、そうじゃないことなんてあるか？　青信号で道路を渡れば、生きて家に帰れるかもしれない。新聞社にとって得になることを理解してるなら、この特ダネに飛びつくはずさ。協力してうまくいけば、母親の写真とその入手経路の記事はそっちのものだ。たぶんだけど」

「この話全体のどこまでまともな《ストレート》んだ、アーチー？」

「エース、キング、クィーン、ジャック、十が揃ったみたいにまとも《ストレート》だって」

「エレン・テンザーを殺したのはだれだ？」

「知るわけないだろ？　警察か地方検事に訊けよ」

「パンザーとダーキンとキャザーが張りこんでるって言ったな。お前は？」

「いない。気づかれる可能性がある、有名人だからさ。この四年で三回、写真が『ガゼット』に載ってるだろ」

ロンは顔を伏せ、五秒間、指先で顎を擦っていた。顔をあげる。「いいだろう。日曜版の写真の締め切りは木曜日の午前八時だ」

細かいところまですっかり話をつけるのに、一時間かかった。電話が四回かかってきたせいだ。

火曜の午後の続き。朝に電話でとりつけた約束により、四十五丁目にあるドル（セオドリンダ）・ボナー探偵事務所へ行ってサリー・コルベットと会う。ドルとサリーは六年前、女探偵に対するぼくの基本的な態度を改めさせた張本人たちだ。二人に対する評価は今も変わらない。女にもすばらしい小説が書けることを認めさせたジェーン・オースティン（一七七五〜一八一七年、イギリスの女性作家）に対するウルフの評価が変わらないのと同じだ。火曜日のその午後には、方針転換した評価を維持する必要があると、サリーは改めてぼくに思い知らせた。必要最低限のメモをとり、好奇心を深みのある青い目にとどめて、必要最低限の質問しかしなかった。ぼくらは翌日の午前中にポザート・カメラ専門店で待ち合わせることになった。

水曜日の午前。ポザート・カメラ専門店に出向く。サリーとぼくは店の裏手にある作業部屋で、二人の技術者がカメラをとりつけて確認するのを二時間以上見守った。これで依頼人には千六百ドルの負担になるはずだったが、アル・ポズナーはカメラを一週間の貸し出しにしてくれた。サリーはカメラの使いかたを見せてもらっていたが、あとで徹底的に指南されるだろう。ぼくはサリーを〈ラスターマン〉に連れていき、昼食をとった。

水曜日の午後。サリーと一緒にヴァルドン家へ向かう。ルーシーは火曜の夜に海岸から自宅に戻っていた。ルーシーは乳母と話をして、休憩をとってもらうために一週間くらい別の人物が赤ん坊を散歩に連れていく、と取り決めていた。メイドと料理人にも同じ説明をした。新しいしゃれた乳母車はぼくらの到着前に届けられていたが、それについてはどんな説明をしたのか知らない。『ガゼット』の取材班——女性記者一人、カメラマンと助手——が三時少し前に来たときには、サリーはお仕着せを着て、乳母は午後の休みをもらい、乳母車の支度は終わっていた。ルーシーは一杯ほしがっていた。

新聞社のカメラマンは手際よく仕事をこなし、三時半にはルーシーとサリーと一緒の子供部屋での撮影を終えた。ぼくはワシントン・スクエアまでくっついていって、サリーがどんなふうに乳母車を扱うのかを確認した。その点について研究したことはなかったが、サリーは足を少し引きずって肩を丸め、うまくやっていたと思う。家に戻ったところ、女性記者はまだルーシーと一緒にいたがほどなく引きあげ、ぼくはマティーニを作った。

木曜日、金曜日、土曜日。木曜日は朝一番で『ガゼット』新聞社に行き、確認作業をした。ワシントン・スクエアでのサリーと乳母車に乗った赤ん坊の写真については、選択は完璧だった。子供部屋での二枚――一枚はルーシーが赤ん坊を抱いているところで、もう一枚はルーシーに見守られながらサリーが赤ん坊の髪にブラシをかけている写真だった――は、まあまあの写りだったが、ルーシーの顔は母性愛の表情とはちょっとちがった。歯が痛いのを我慢して笑おうとしているみたいだった。ロンの言い分では他はもっとひどかったらしい。家の正面の写真を一枚採用する意味は理解できなかったが、反対はしなかった。ぼくが本文に加えた四つの修正を、ロンは承諾した。

サリーは三日間とも、散歩のために一日二回乳母車で赤ん坊をワシントン・スクエアへ連れていったが、カメラの使用説明と撮影練習はヴァルドン家の二階にある広間で行われた。アル・ポズナーとルーシーとぼくも一緒だった。ルーシーが必要だったのは、ぼくより七インチ背が低かったからだ。どんな身長の人物も逃してはならない。カメラ二台は握り両端の飾りに隠してあったし、もう一台は乳母車の前側の細い箱、ガラガラなどの小物入れに仕掛けてあった。そっちはリモコンで動く。その三日間で、ぼくは最低でも千回は写真を撮られた。木曜日の分はほとんどピンボケで、金曜日はましになり、土曜日の午前中にはサリーはすっかり腕をあげた。六ヤード以内の距離から赤ん坊を見た人は残らず写真を撮られる。それもばっちりと。

土曜日の夜には、ソールとフレッドとオリーが真夜中過ぎまで古い褐色砂岩の家にいた。最初の三十分は事務所で説明を受け（ソールは朝になったらワシントン・スクエアで人員配置を指示することになっていた）、それから三時間はぼくも入れて食堂で一杯やりながらピノクルをした。

日曜の朝。朝食で九時半に厨房へ。十時、サリーが乳母車を押して広場に入る時間には、ぼくは右手で三枚目のサワーミルクのパンケーキにとりかかり、左手では『ガゼット』の全面頁を広げていた。記事の見出しは〝赤ちゃんを愛おしむ女性たち〟。趣味の問題だ。個人的意見としては、『乳飲み子を慈しむ女性たち』のほうが気がきいていたと思う。

第十三章

大群が押し寄せるぞと予言したロンは、なにかを過大評価していた。たぶん、『ガゼット』の影響力だろう。日曜日の収穫は二十六枚で、午前中が七枚、午後が十九枚だった。サリーが乳母車と赤ん坊と一緒に戻ってきた五時過ぎ、ぼくはヴァルドン家にいて、フィルムのとりだしを手伝った。乳母車正面の箱に仕掛けたカメラは二枚しか撮影されていなかったが、フィルムは巻きとってはずした。依頼人の金の食いつぶしようを考えれば、もう二ドルくらいどうってことない。

二十四時間後も、母親の写真が手に入ったかどうかはわからないままだった。ぼくらにわかっているのは、二十六枚のうちルーシーが名前を知っている相手は一人もいなかったことだけだ。ジュリアン・ハフト、レオ・ビンガム、ウィリス・クリュッグも心あたりはないと言った。ウルフは午前中にそれぞれと電話をして、入手経路には触れずに写真を見てくれと頼んでいた。お昼頃にぼくが六組の写真をアル・ポズナーから受けとり、包みにして配達業者にことづけた。午後五時までには全員から電話があった。三人揃ってはずれだった。ぼくは写真を一組ルーシーのところへ持っていき、よく確認してもらった。見覚えがあるような女が一人いたが、ルーシーが似ていると思った人物は一覧表に名前が出ていて、すでにソールが除外していた。ルーシーからは、サリーが赤ん坊を午後の散歩に連れ出して戻ってくるまで残り、その日のフィルムを回収するように勧められたが、ぼくは三十五丁目でクリユッグとハフトとビンガムからの報告を聞きたかった。

午後四時二十分、ハフトとビンガムから電話があったが、クリユッグは音沙汰なしだった。だから電話が鳴ったとき、ぼくはクリユッグからだろうと思った。が、お決まりの挨拶の最初の一言を口に出した途端に遮られた。

「ソールだ、アーチー。ユニバーシティ・プレイスの電話ボックス」

「で?」

「たぶんあたりだ。予想的中ってとこか。四時四分、タクシーがワシントン・スクエアの北側に二重駐車して、女が一人降りてきた。通りを渡って、きょろきょろしてた。タクシーはそのままだ。女は広場を途中まで進んだ乳母車を見つけて、まっすぐにそっちへ向かった。身を乗り出したり、乳母車にも内側にも手を触れたりはしなかったが、サリーに話しかけた。その場で見ていたのは一分以下、四十秒だ。オリーの車は角の先だったが、タクシーの運転手がそのまま待ってたから問題はなかった。女はタクシーに戻って走り去った。パラゴンの車だ。五時までここを張るのか?」

「いや。タクシーの運転手を見つけろ」

「ナンバーは要るか?」

「もちろんだ。轢き逃げや事故に遭ったらどうするつもりなんだよ」

ソールにタクシーのナンバーを教えてもらって書き留めたあと、サリーからフィルムを受けとってアル・ポズナーの店へ持っていくので四時四十五分から六時まで留守にすると伝えた。電話を切り、一分ほど座ったまま数週間ぶりに呼吸を楽しんだ。それから内線電話で植物室にかけた。

「はい?」

「おめでとうございます。六か月前に赤ん坊を産んだ女は今の様子を確かめたがるかもしれないというあなたの理論は健全でしたよ。人とカメラの両方を仕込んでおくという考えも健全でした。ぼくはあと十分で出かけますから、あなたも知っておきたいんじゃないかと思いまして。二対一で母親を釣りあげました。三対一にしてもいいです」

「報告を頼む」

「喜んで」ぼくは説明した。「ですから、その女が母親なら尻尾をつかまえたわけです。タクシーの行く先を突きとめても、さほど役には立たないかもしれません。ただ、ソールはどの写真か見分けられるに決まってますからね。おめでとうございます」

「見事だ」ウルフは電話を切った。

数分後に出かけようと腰をあげたところ、クリュッグから電話がかかってきて、ぼくが送った写真には一つも見覚えがないと言われた。なのにぼくが元気いっぱいで、クリュッグはさぞかし驚いただろう。

月曜日の収穫は日曜日の二倍以上で、サリーはフィルムを昼に取り替えていたため、六本あった。写真は全部で五十四枚。そのうちの一枚は同じ重さのルビーくらいの価値がある。六時前には四十七丁目へ持ちこんだが、その日の夜にはアルはフィルムを現像できなかった。店員の二人が休暇中で、一人は家に帰りたがり、てんてこ舞いだったのだ。翌朝八時に店を開けてくれと頼みこみ、ぼくはフィルムを持ち帰った。夕食の最中にソールから電話があった。タクシーの運転手の名前はシドニー・バーグマンで、五ドル札を歓迎したそうだ。五十二丁目と五十三丁目の間のマディソン・アベニューで客を拾い、そのままワシントン・スクエアへ直行し、五十二丁目とパーク・アベニューの角へ戻った。はじめての客で、なにも知らない。ぼくはソールに、翌朝にはワシントン・スクエアで目を配るように言った。女はもう一度見ようと戻ってくるかもしれない。そのあとは事務所に来て、ぼくを待つように指示した。

火曜日の午前十一時四十五分、ぼくは写真を持って事務所に戻った。もう三十分早く帰れたところだが、アルのためにポザート・カメラ専門店でクリュッグとハフトとビンガムへ発送する包みを用意するのに時間がかかった。ルーシーには女の見覚えがなくても、三人のだれかはあるかもしれない。ウルフはビールを持って机に向かっていて、ソールは赤革の椅子でワインを手にしていた。コルトン・シャルルマーニュ（ブルゴーニュ、コート・ド・ボーヌ地区の一大白ワインのうちの一つ）の瓶がすぐ近くの小テーブルに置いてあった。どうやら文学について議論していたようだ。ウルフの机の上には本が三冊あり、一冊は開いて手にしている。ぼくは席について耳を傾けた。やっぱり、文学だ。立ちあがって出ていこうとしたが、ウルフの声に止められた。

「なんだ、アーチー？」

ぼくは振り返った。「お邪魔したくないので」そう言って、ソールのそばに移動する。「ポルノ写真はいかがですか、旦那？」ぼくは写真を手渡した。

「今朝は来なかった」ソールは言った。その手が、まるでポーカーのカードのように写真をなめらかにさばいていく。ちらっと目を向けるだけで充分だったようだが、半分ほど進んだところで、明るいほうへ写真を傾け、頷き、一枚差し出した。「これだ」

ぼくは受けとった。半分横を向いた顔をしっかりとらえた写真だ。ほとんどのものがそうだが、ローアングルだった。広い額、目の間の長さはちょうどよく、鼻はやや細め、口はやや大きめ、顎は少しとがっている。目は右側に向けられ、じっとその先を見つめている。

「惜しいな」ぼくは言った。

「いや、きれいな人だよ」ソールが言った。「まっすぐ、流れるように歩く」

「詳しい身体的特徴は?」

「五フィート七インチ。百二十ポンド。三十代後半」

「封筒をくれないか」ソールが渡してくれた。ぼくはその写真を他のとひとまとめにして、封筒をポケットに入れた。「お邪魔して申し訳ありませんでした。仕事がありますので。用があったら、ミセス・ヴァルドンの電話番号へ連絡してください」ぼくは背を向けて事務所を出た。

日曜から、ルーシーとぼくの関係は少し緊張していた。いや、これは正確な報告じゃない。ルーシーと世界の関係が緊張していて、たまたまぼくは近くにいたのだ。日曜の夜に弁護士が『ガゼット』紙の記事について電話をしてきて、月曜の午後には家までやってきた。ルーシーが災いを招くようなまねをしたと考えていて、強硬な反対姿勢を示したのだ。一番の親友のリーナ・ガスリーはさらに強硬だった。他の友人からも十数本の電話があり、敵対する相手からは言うまでもなかった。月曜の午後の発言から察するに、レオ・ビンガムもそのなかの一人だったらしい。

状況はそんな感じだったし、ぼくが火曜日に出向いたときにはマリー・フォルツに二階へ案内されたものの、広間を三十分近く一人で占領することになった。ようやく依頼人が来たと思ったら、三歩離れた位置で止まって、こう声をかけられた。「なにか新しいことがあった、アーチー?」

「写真だけ」ぼくは答えた。「昨日の分だ」

「そう。何枚?」

「五十四枚」

「頭痛がするの。どうしても見なきゃいけないんでしょうね」

「たぶん大丈夫だよ」ぼくはポケットから封筒を出し、写真をさばいて、一枚渡した。「これを見て。特別なんだ」

ルーシーはちらっと目を向けた。「これのどこが特別?」

「三対一でこの人が例の母親だ。タクシーでやってきて、待たせたままベビーカーを探し、近寄って一分近くたっぷり眺めてから戻った。知り合い?」

もう一度視線を向ける。「いいえ」

「念のため明るいところで見てくれるかな?」

「そんなこと……わかった」ルーシーはテーブルのランプまで移動し、スイッチを入れた。眉を寄せて見つめる。そして、振り向いた。「どこかで見た気がする」

「だったら頭痛のことは忘れるんだ、完全にね。そして、もう一度見てくれ。もちろん、遅かれ早かれ正体は判明するだろうけど、母親を見つけるためにネロ・ウルフが雇われてから今日で六週間になる。お金は相当使ったし、きみはかなりひどい目に遭ってきた。名前を思い出せれば、時間と金と殺人の節約になる。ランプのそばに座って、いいね?」

ルーシーは目を閉じ、片手をあげて額を擦ると、腰をおろした。もう写真には目を向けず、ただ座って眉をひそめ、唇をしっかり結んだまま虚空を見つめている。と、いきなりこっちを見た。「そうよ、キャロル・マーダスよ」

ぼくは笑った。「ちょっとちょっと。この六週間、陽気なところから塞ぎこんだところまで、いろんな気分のところを見てきたけど、今の今までそんなにへばってみえたことはなかった。それがおかしくて笑っちゃったよ」

「わたしはおかしくないけど」

「ぼくはおかしいんだ。最高の気分だよ。キャロル・マーダスで間違いないのかい?」

「そう、間違いない。ここまで気づかないなんて、自分でも変だと思う」

「どこのだれで、どんな人?」

「ディックが世に出るきっかけを作った人。『ディスタフ』の原稿閲読者《えつどくしゃ》で、マニー・アプトンにディックの小説を採用させたの。そのうちに、マニーのひきで小説の編集者になった。今もそう」

「『ディスタフ』の小説担当編集者ってこと?」

「そう」

「きみの一覧表には名前がなかったけど」

「そうね、思いつかなかった。二、三回会っただけだから」

「綴りはCAROL? MARDIS?」

「MARDUSよ」

「既婚者?」

「独身、知ってる限りでは。ウィリス・クリュッグの奥さんだったけど、離婚したの」

ぼくは両眉をあげた。「それはおもしろいな。クリュッグの一覧表にも名前はなかった。離婚はどれくらい前?」

「はっきりとは知らない。四、五年前かな。会ったのはディックと結婚してからだけだし。ウィリスもね」

「一つ訊かなきゃいけないことがある。その人が母親だとしたら、もう十対一で確実だけど、ディックが父親だったたって話にはどの程度可能性……いや、『可能性』じゃない。どの程度、信憑性があるかな?」

「わからない。ディックのことは話したでしょ、アーチー。何年か前に親しかったことは知ってる……そうじゃない、わたしは知らなかったけど、だれかがそう言ってたの。でも、あの人が母親なら……」突然、ルーシーは立ちあがった。「会いにいく。会って訊いてみる」

「今はだめだ」ぼくはルーシーの腕に手を伸ばしかけたが、やめた。どうしてもの場合を除いて、個人的関係と仕事上の関係は決して混同するべきじゃない。「これから命令をします。お願いや提案をしたり、説得してやってもらったことは二つほどあっても、命令したことはなかった。でも、今回は命令です。キャロル・マーダスについてはだれにも話さない。文字どおりだれにも、ぼくがいいと言うまでは。本人に会ったり、電話をかけたりもしない。わかりましたか?」

ルーシーは微笑んだ。「父親が死んでから、だれもわたしに命令なんてしたことないんだけど」

「じゃあ、ちょうどいい頃合いだ。いいですね?」

「ほら」ルーシーが片手を差し出し、ぼくはその手をとった。雰囲気は普通に戻ったが、やらなければならない仕事がある。「依頼人としては」と告げる。「あなたは最優良のなかの最優良だ。仕事の電話をかけなければならないので」

電話は部屋の奥にある戸棚の中だった。ぼくはそっちへ移動して、扉を開け、ダイヤルを回した。あの二人はすっかり文学にのめりこんでいたので、フリッツが応答しても驚かなかっただろうが、出たのはソールだった。ウルフが出てくれたら時間の節約になるとぼくが言ったところ、ほどなくウルフの声がした。「はい？」

「ミセス・ヴァルドンの家からです。写真の女は知り合いでした、顔見知り程度の。名前はキャロル・マーダス」ぼくは綴りを伝えた。「『ディスタフ』誌の小説部門の編集者です。ディスタフ社のビルは、マディソン・アベニューの五十二丁目です。ミス・マーダスは数年前にはヴァルドンと親しかったそうです。詳しい情報は後ほど。改めて、おめでとうございます。その女が母親でなくても、間違いなく母親を知っているでしょう。これから一月の動静を探りにいきます」

「だめだ」ウルフが言った。「ソールがやる」

「待ってください。今のは間違いです」ぼくはルーシーを振り返った。「二、三回しか会ったことがないって言ってましたね。去年の冬には会いましたか？」

ルーシーは首を振った。「さっきから考えていたところだったの。ディックが亡くなってからは、会ってません」

電話に向かって。「ソール？　ミセス・ヴァルドンは去年の九月以降会っていないそうだ。女に近づきすぎるなよ、歩くのと同じようにまっすぐ、流れるように首を絞めるかもしれない。ウィリス・クリュッグの妻だったが、四、五年前に離婚したそうだ。クリュッグから手をつけるといいかもしれないが、そうでないかもしれない。別れた奥さんを思い出すのは気が進まないのかもな。クリュッグの一覧表には名前は載ってなかったから。ウルフさん、提案が一つあります。マニュエル・アプトンが女の上司です。アプトンは五週間前、ミセス・ヴァルドンが頼みをきいてほしいのであれば、直接言えばいいと話してましたよね。ミセス・ヴァルドンから電話をかけて、キャロル・マーダスが去年の冬に出勤していたかどうかを質問できます。それで問題が単純化できる可能性がありますよ。まあ、もちろんこんぐらかる可能性もありますが」

「たしかにな。ソールが型どおりの捜査を進める。ミセス・ヴァルドンには、キャロル・マーダスのことはだれにも言わないように話せ」

「もう話しました」

「念を押しておけ。そばにいろ。注意をよそに向けさせるんだ。目を離すな」電話の切れる音がした。

ぼくは受話器を戻し、戸棚を閉じた。「ソールがキャロル・マーダスを調べます」とルーシーに説明する。「ぼくの担当はあなたです。つきっきりで監視することになっています。ウルフさんはあなたを理解してますよ。あなたが母親を見つけて髪を引っ張りたがると承知してるんです。この家を出たら、尾行する必要があります」

ルーシーは笑おうとした。「わたし、へばってるのよ、アーチー」こう言う。「キャロル・マーダス!」

「まだ確定したわけじゃない。十対一の確率なだけだよ」ぼくは言い聞かせた。

第十四章

二日後、木曜日の午後十時二十分にソールがフロリダから電話で最終連絡をしてきて、確定となった。

もちろん、話をややこしくしたのはエレン・テンザーだった。あの事件と無関係で、母親探しだけだったなら、ぼくがそのままキャロル・マーダスに会いにいって写真を見せ、去年の冬をどこでどのように過ごしたかを追及できた。はぐらかそうとしたら、妊娠と出産となれば突きとめるのは朝飯前で、ぼくの時間と手間を省いてくれてもいいんじゃないかと言い聞かせただろう。が、もしキャロルが母親なら、当人がエレン・テンザーを殺したか、犯人を知っているか、目星をつけているかなのは、ほぼ確実だ。だから、話はそう単純ではなかった。

ぼくは依頼人から目を離すなというウルフの指示を無視した。ぼくのほうが事情通だとウルフだって認めている点の一つが女性についてだし、ワシントン・スクエアでソールと交代した。火曜日の夕方、アル・ポズナーにその日のフィルムを届けたあとで事務所に帰ったところ、進展があった。ウィリス・クリュッグとジュリアン・ハフトとレオ・ビンガムが電話をかけてきて、五十四枚の写真に見覚えのある顔は一つもないと口を揃えたのだ。クリュッグの場合はびっくりだ。そのうちの一人と結婚していたのだから。ソールからも二回電話があった。一度目はウルフが植物室に行ってしまう四時少し前で、キャロル・マーダスは九月四日の労働者の日《レイバー・デイ》から二月末まで『ディスタフ』誌を六か月ほど休職していた、との報告だった。二度目の報告は六時少し過ぎで、キャロルは東八十三丁目にある自宅マンションも留守にしていて、その間部屋の又貸しはなかったそうだ。これで確率は五十対一になった。ウルフはここ何週間かで一番食事を楽しんだ。ぼくも同じだった。

午後十一時少し前、玄関の呼び鈴が鳴った。ソールだった。ぼくより先に事務所に入り、赤革の椅子に座って口を開いた。「父親に絶対ばれることがなくて嬉しく思える行為をしてきました。聖書に手を載せて誓ったんです。聖書は逆さまでしたが」

ウルフは唸った。「やむをえなかったのか?」

「はい。問題の人物はちょっと変わり者でして。内緒にしておくと約束したことを話すのに五十ドル受けとったんですが、まず情報元を絶対にばらさないと聖書にかけて誓わされたんです。筋は通ってませんが。こっちが口を割る値段が六十ドルだったらどうなるんですかね。どっちにしても、住所を手に入れました」ソールはポケットからメモ帳を出して、開いた。「フロリダ州サラソータ市リードー・ショアーズ、サンセット・ドライブ一四二四番地。ミセス・アーサー・P・ジョーダン方。去年の秋、その住所でキャロル・マーダス宛に送った荷物は到着しています。情報元は聖書にかけて誓いはしませんでしたが、情報は買って金を払ってきました」

「見事だ」ウルフは言った。「おそらくな」

ソールは頷いた。「もちろん、まだおそらくの段階です。午前三時二十五分にアイドルワイルド空港発タンパ国際空港行きの飛行機がありますが」

ウルフは顔をしかめた。「そうだろうな」飛行機が大嫌いなのだ。ぼくはヘロンでソールをアイドルワイルド空港へ送ると申し出たが、ウルフがだめだと言った。ぼくは午前十時にワシントン・スクエアにいなければならないそうだ。寝不足のぼくのあくびがどんなものか、ウルフは承知しているのだ。

ソールはフロリダから電話を四回かけてきた。水曜日の午後には、サンセット・ドライブ一四二四番地はアーサー・P・ジョーダン夫妻の個人宅で、キャロル・マーダスは去年の秋から冬にかけて客として滞在していたとの報告があった。水曜の夕方遅くには、キャロル・マーダスは去年の十一月と十二月には間違いなく妊娠していた、との報告だった。木曜の昼には、キャロル・マーダスは今年の一月十六日にサラソータ総合病院に運ばれて、クララ・ウォルドロンの名前で入院し、その日の夜に男の子を産んだ、という知らせがあった。木曜の午後十時二十分にはソールはタンパ国際空港にいて、クララ・ウォルドロンと赤ん坊は二月五日にここからニューヨーク行きの飛行機に乗ったと話し、自分も三時間後にはそうすると連絡してきた。

ウルフとぼくは受話器を置いた。母親探しは終わったのだ。四十五日かかった。

ウルフはぼくを見た。「あの女の金をどれくらい使った?」

「一万四千ドルくらいです」

「くだらん。フレッドとオリーに、もういいと連絡しろ。ミス・コルベットにも。ミセス・ヴァルドンには海岸に戻ってかまわないと伝えてくれ。カメラは返却だ」

「わかりました」

「けしからん。ごく単純な話だったろうに。あの女がいなければ」

「死んだ女ですね。たしかに」

「だが、きみに水を一杯ごちそうした」

「なに言ってるんですか。仮に今、手紙の件も含めてクレイマーに洗いざらいぶちまけたとしたら、残る問題は一つだけ、ぼくらは別々の裁判を要求するべきかどうかになります。あなたとぼくだけじゃありません、依頼人もです。パーカーに電話して、証拠の隠匿と司法妨害の共謀ではどっちの罪が重いかを訊くことはできますが」

ウルフは唇を引き結んで大きく息を吸った。もう一度吸う。「提案はあるのか？」

「一ダースもありますよ。二日前から、じきにこの問題に直面するってわかってましたので。あなたも同じですよね。キャロル・マーダスには母親探しの面だけから取り組むことができます。エレン・テンザーには一切触れずに、赤ん坊をどうしたかという一点に絞って出方をみる。ミス・マーダスは赤ん坊を厄介払いしただけだった、実行は難しくないですからね。その後についてはなんにも知らなくて、『ガゼット』のミセス・ヴァルドンの記事にはただ好奇心を刺激されたか疑いを抱いたか。こんな可能性もごくわずかですが、なくはないので。第二の提案。依頼人に対する約束の残りに着手する。赤ん坊の母親の正体を突きとめることになっていましたよね。そこは完了。で、ヴァルドンが父親である可能性の程度も論証することになっていました。キャロル・マーダスに正面からあたってみる前に、去年の春の彼女とヴァルドンについて型どおりの調査をしてもいいかもしれません」

ウルフは首を振った。「それには時間と追加の金がかかる。きみがキャロル・マーダスに会うんだ」

「だめです」ぼくはきっぱり断った。「会うのはあなたです。ぼくはエレン・テンザーに会いました。あなたとミセス・ヴァルドンとの一回の面会につき、ぼくは二十倍も会ってます。仕事はしますが、請求書はあなたの名前で発行されるんですからね。午前中でいいですか？」

ウルフは顔をしかめた。対処しなければならない女がまた一人。ただ、ぼくの意見に一理あるのも、ウルフは否定できなかった。その点が解決したら、さらにもう一理あった。依頼人に母親探しが疑問の余地なく完了したと伝えるのは急がなくていい。母親本人と話をするまで待ったほうがいいだろう。ぼくは寝室に行く前に、フレッド・ダーキンとオリー・キャザー、サリー・コルベットに電話をして、作戦は完了してぼくはもちろんウルフも満足していると伝えた。八十三丁目にあるキャロル・マーダスのマンションにもかけて、翌朝に顔を出してくれと招待することも考えたが、今夜は悩ませるのはやめておこうと決めた。

金曜日の朝、キャロルが実際は悩みながら寝たことがわかった。ぼくは十時頃に仕事場へ電話をかけるつもりだったが、厨房でベーコンと蜂蜜をかけたコーン・フリッターを食べていた八時五十分、電話が鳴った。厨房で電話をとり、型どおりの応答をしたところ、女の声でウルフと話したいと言われた。ウルフは十一時まで電話に出られない、ぼくは腹心の助手なので代わりにお伺いできるのではと答えた。

女の声が言った。「アーチー・グッドウィンさん?」

「そうです」

「わたしの名前を聞いたことがあるんじゃないですか。キャロル・マーダスです」

「はい、ミス・マーダス。聞き及んでおります」

「電話したのは訊きたいことが……」言葉が途切れた。「わたしについてあれこれ聞き回っているのは、承知してるんです。ニューヨーク、それにフロリダでも。その件はご存じですか?」

「はい。ウルフさんの指示で行われていますから」

「どうしてそんな……」沈黙。「理由は?」

「どこからおかけですか、ミス・マーダス?」

「電話ボックスです。出勤途中なので。それがどうかしました?」

「どうかするかもしれません。たとえ電話ボックスからでも、電話でのお話は難しいと思います。そちらも話しづらいでしょう。赤ん坊の件が絶対にばれないように手間とお金をかなりかけたんでしょうし」

「赤ん坊ってなに?」

「いやいや。その言い分を通すには、かなりの手遅れです。それでも答えが聞きたいと言い張るのであれば、ウルフさんは十一時には手が空きます。この事務所でなら」

もっと長い沈黙。「十二時なら伺えます」

「結構です。個人的にも会うのを楽しみにしていますよ、ミス・マーダス」

ぼくは電話を切り、コーン・フリッターにもう一度とりかかり、たしかに楽しみだと考えていた。ここまで長かったからな。

二杯目のコーヒーを飲みおえて事務所に行き、いつもの作業をしてから、内線電話で植物室にかけた。伝えておかなければ、ウルフは事務所へおりてきたとき赤革の椅子にキャロルがいると思うだろう、十一時に連れてこいとぼくに指示したのだから。あくせく働かなければならなくなる前に一時間余裕があるとわかれば、ありがたがるだろう。そのとおりだった。キャロルが自分から電話してきて十セント節約できたうえに十二時に到着すると説明したところ、ウルフは、「見事だ」と言った。

ぼくも一時間ほどの余裕を活用できた。用があって出かけるとフリッツに伝えて十一丁目まで行き、ワシントン・スクエアのお遊びは中止で詳しい説明はあとからするとルーシーに伝え、カメラを乳母車からはずしてアル・ポズナーへ返しにいき、請求書を送るよう頼んだ。

十二時十分に呼び鈴が鳴り、ぼくは玄関まで行って、ついに実物の母親を見た。第一印象は、たいしたことないな、だった。ルーシーがいるのにこの女とおはじき遊びをしていたのなら、リチャード・ヴァルドンはとんだばかだ。もう二十年経ったら、冴えないばあさんになると言ってもそれほど大げさじゃないだろう。が、キャロルを事務所の赤革の椅子へ案内したあと、自分の席についたぼくは目を見張った。ウルフに向けた顔がまるで別人だった。甘さとスパイスと好印象――『好印象』という言葉はちょっとちがうかもしれないが――を与えるすべてが備わっている。ドアを開けた男にはわざわざスイッチを入れなかっただけなのだ。それから、この家に来て会えたのがどんなに嬉しいかとウルフに話しているその声は、『甘い』ばかりでもなかった。声や目から伝わってくる、「やれるものならやってみろ」という態度が、どうにもうまく隠し切れていなかった。身についてしまっているのか、生まれつきなんだろう。

ウルフは椅子に体を預けながら、キャロルを見て、「こちらこそ、マダム」と応じた。「お会いできてありがたいですよ。六週間も探していたのですから」

「探していた？　名前は電話帳に載っています。『ディスタフ』の奥付にも」その声と目は、連絡があれば嬉しかったのにと言っているようだった。

ウルフは頷いた。「ですが、こちらでは知りませんでしたので。知っていたのは、あなたが出産し、その子を捨てたことだけでした。わたしとしてはやむをえず――」

「わたしが赤ん坊を産んだなんて、そちらでは知らなかったはずです。知っていたはずがありません」

「今は知っているのですよ。妊娠中の最後の四か月間、あなたはフロリダ州サラソータ市のアーサー・P・ジョーダン夫妻の家に滞在していた。一月十六日にクララ・ウォルドロンとしてサラソータ総合病院に入院し、その夜男児を出産した。やはりクララ・ウォルドロンの名前を使って、二月五日にタンパ国際空港からニューヨーク行きの飛行機に搭乗した際には、赤ん坊はあなたと一緒だった。その子はどうなって、今どこにいるのですか?」

キャロルが声を出せるようになるまで、やや間があった。それでも声に変わりはなかった——ほとんど。「ここに来たのは、質問に答えるためじゃありません。質問するためです。わたしのことをあれこれ聞き回らせてましたよね、このニューヨークで、次にはフロリダで。なぜです?」

ウルフは唇を突き出した。「その点を隠す理由はありませんね」こう答えて、ぼくに顔を向けた。「写真を、アーチー」

ぼくは現像写真を引き出しから一枚出して、キャロルに手渡しにいった。キャロルは写真を見て、ぼくを見て、また写真を見て、ウルフを見た。「はじめて見る写真です。どこで手に入れたんですか?」

「ワシントン・スクエアの乳母車には、カメラがとりつけてあったのです」

この言葉にキャロルは動揺した。口を開ける。かなり長い間そのままだったが、閉じた。写真を見直して、両手の親指と人差し指でその端をつまんで破った。もう一度破り、破片をすぐそばの小テーブルに置いた。

「予備がありますよ」ウルフは言った。「記念にほしいのであれば」

キャロルは口を開けたが、また閉じた。が、声は一切出てこなかった。

「全部で」ウルフは続けた。「カメラは百人以上の写真を撮りました。が、あなたの写真は特別な興味をひきました。あなたはあの特定の乳母車に乗った赤ん坊を見る目的で、タクシーに乗ってワシントン・スクエアに駆けつけたからです。乳母車と乳母の写真は新聞で見たのでしょう。あなたは――」

「そういうことだったの」キャロルは思わず口を挟んだ。「だから、あの人はあんなことをしたのね。あいあなたの仕業だったのね」

「提案はしました。質問に答えるために来たのではないとのことでしたが、答えてもらえれば物事が単純化されます。レオ・ビンガム氏を知っていますか？」

「知ってることくらい、知ってるでしょう。わたしのことを聞き回らせたんだから」

「ジュリアン・ハフト氏を知っていますか？」

「知ってます」

「ウィリス・クリュッグ氏も知っている、夫だったのですから。カメラで撮影された写真はすべて、今名前を挙げた三人に見せました。三人のうちのだれかが、あなたの赤ん坊の父親ですか？」

「ちがいます！」

「父親はリチャード・ヴァルドン氏ですか？」

答えはなかった。

「答えていただけますか、マダム」

「答えません」

「答えるつもりがないのですか？　それとも、ヴァルドン氏は父親ではなかったのですか？」

「答えるつもりはありません」

「答えるようにお勧めします。あなたがかつてリチャード・ヴァルドン氏と親しかったことは周知の事実です。さらに調査をすれば、去年の春に旧交を温めたかどうかは判明するでしょう」

　返事はなかった。

「答えますか？」

「答えません」

「二月五日に赤ん坊と一緒にニューヨークに到着しましたが、その子はどうしたのですか？」

　答えはなかった。

「答えますか？」

「答えません」

「後日、赤ん坊を十一丁目にあるミセス・ヴァルドンの家のポーチに置き去りにしましたか？」

　返事はなかった。

「答えますか？」

「答えません」

「赤ん坊がヴァルドン家のポーチに置き去りにされた際、毛布にピンで留められていた手紙を作成しましたか？　答えますか？」

「答えません」

「今度の質問には、ぜひ答えるようにお勧めします。新聞記事で報じられたとおりミセス・ヴァルドンの家にいる赤ん坊が、どうやって自分の子供だと知ったのですか？」

返事はなかった。

「答えますか？」

「答えません」

「五月二十日、日曜日の夜、あなたはどこにいましたか？　答えますか？」

「答えません」

「六月八日、金曜日の夜はどこにいましたか？　答えますか？」

キャロルは立ちあがって出ていった。ぼくは感心するしかなかった。まっすぐ流れるように歩いていったのだ。玄関のドアに先回りするには駆け足になるしかなかっただろう。だから、廊下に出るだけにした。キャロルが出ていってドアが閉まると、ぼくは自分の机に戻って腰をおろし、ウルフを見やった。ウルフもこちらを見返した。

「うーむ」ウルフは唸った。

「さっきの最後の質問ですが」ぼくは言った。

「それがどうした？」

「もしかしたら少し……ええと……先を急ぎすぎたかと。わずか、本当にわずかですが、ミス・マーダスはエレン・テンザーの一件を知らない可能性があります。仮にミス・マーダスを動き回らせるつもりだったのなら、ソールを待機させておくべきじゃありませんでしたか？　もしくは三人全員とか？」

「くだらん。あの女は浅はかか？」

「いえ」

「では、ソールの腕でも尾行は可能か?」

「たぶん無理だったでしょう。じゃあ、なぜ六月八日について訊いたんです?」

「あの女は、こちらがどこまで知っているかを探りにきた。わたしたちの関心が赤ん坊とその両親に限定されているのではなく、たとえ二次的なものでしかないにせよ、エレン・テンザーの死にも向けられていると思い知らせたほうがよかっただろう」

「結構です」実際は結構でもない気がしたが、そこをついても意味はない。「次はどうするんですか?」

「わからん」ウルフはぼくを睨みつけた。「いい加減にしないか。電光石火の早業は演じられない。これから検討しよう。おそらくビンガム氏、ハフト氏、クリュッグ氏には会うべきだろうな。ミス・マーダスの写真に気づかなかった理由を訊く、とるに足らないものかもしれないが。これから検討してみるつもりなのだ。ミス・マーダスはミセス・ヴァルドンに接触するか? 今そちらへ向かっているだろうか?」

「いないです。賭け率はお好きにどうぞ」

「ミセス・ヴァルドンに危険はあるか? もしくは赤ん坊に?」

ぼくは五秒考えて、首を振った。「予想がつきません」

「同感だ。ミセス・ヴァルドンに経緯を報告して、海岸へ戻るように伝えろ。同行するんだ。戻りは今夜でいい。きみがここに居座っていれば、わたしをせっついて、つまらない口論になるだろう。明日にはなにか手を打つ。内容はわからないが」

ぼくは反対した。「ミセス・ヴァルドンは海岸で自分の車を使いたがるでしょう。報告のあと、午後と夕方を使って、五月二十日のキャロル・マーダスの行動を確認します」

「だめだ！」ウルフは平手で机を叩いた。「ばかでもそれはできる。わたしに想像力がないというのか？　知恵も？　わたしをうすのろだと？」

ぼくは立ちあがった。「答えるかどうか、訊かないでください。答えるかもしれませんから。今夜戻ってきたときのためにロブスターを少し残しておくようフリッツに伝えてもらえますか。海岸の食べ物はむらがあるようなので」事務所を出ると、まずは上階に行ってきれいなシャツに着替えた。

というわけで、五時間後にはぼくは大西洋の端っこの砂浜で寝転がっていた。腕を伸ばせば、依頼人に指先が触れていただろう。報告に対する反応は、女にしてはまあまあだった。キャロル・マーダスの発言を一つ残らずと、おまけにどんな様子でどんな服装だったかを知りたがった。リチャード・ヴァルドンが赤ん坊の父親なのかの問題に、キャロルの服装が決定的な関係を持っているとでも言わんばかりだった。ただ、もちろん好きにさせておいた。分別のある男ならだれだって、女性の言葉を男性が解釈する場合、本人の心づもりを正確にとらえていると思うはずがない。

ぼくらが今なにをしているのか、当然ルーシーは知りたがった。その答えを知っていたら、二人でここにいる代わりに別の場所でせっせと働いているだろうと返事をした。「問題は」ぼくは説明を続けた。「ウルフさんが天才だってところなんだ。天才はだれかを尾行させるなんてありきたりな仕事に手を出したりできない。あっと驚く離れ業をやってのけなけりゃいけないんだ。近道を通る必要がある。帽子からウサギをとりだすなんてだれでもできるから、ウルフさんはウサギから帽子をとりださなきゃいけない。今夜は事務所で腰をおろして、椅子にもたれて目を閉じ、唇を突き出したり引っこめたりを何度もやるんだろう。ニュートンが万有引力の法則を発見したのも、きっと同じやりかただよ。椅子にもたれて目を閉じたまま唇を動かすんだ」

「そうじゃない。リンゴが落ちたせいでしょ」

「そうとも。目を閉じてたんで、鼻にあたった」

真夜中少し過ぎに古い褐色砂岩の家に戻ったとき、朝八時十五分に部屋に来るようにというウルフのメモが机に載っているだろうと思っていた。が、なかった。どうやらウルフの想像力と知恵は結果を出せなかったようだ。フリッツはちゃんと結果を出していた。厨房にはロブスター・カーディナル（フランス伝統の魚介系で赤いカーディナルソースをロブスターに使った料理）とすりおろすばかりのパルメザンチーズの皿があった。ぼくはチーズを振りかけ、グリルに入れて、焼きあがるまでにミルクを飲んでコーヒーを淹れた。フリッツが朝食の盆をウルフに運んだあとにおりてきたら、指示を聞きにこいという伝言があるかもしれない。狩りの獲物よろしく母親を隠れ場所から追いたてたのだから、猟銃で狙いをつけておいたほうがいいだろう。

無駄だった。土曜日の午前八時二十分にフリッツが厨房に戻ってきたとき、伝言はなかった。予定に備えようと、ぼくはたった六時間の睡眠でやりくりしたのに。ウルフをせっつくことにしよう。植物室にあがる前、寝室でつかまえたほうがいい。そこでクレオールソース（セロリなどの香味野菜とトマトを使ったソース）がけポーチドエッグとトーストしたマフィンをとっとと片づけ、二杯目のコーヒーは割愛した。椅子を引いたちょうどそのとき、電話が鳴った。

ソールだった。八時半のニュースを聞いたかと尋ねられた。ぼくは、聞いていない、くさくさしていたと答えた。

「だったら、悪い知らせだ」ソールは言った。「三時間ほど前、ペリー・ストリートからはずれた路地で警官が死体を発見した。キャロル・マーダスの遺体だと判明したよ。絞殺だ」

ぼくはなにか言ったつもりだったが、声にならなかった。喉が詰まっていた。ぼくは咳払いをした。

「他には？」

「ない。それで全部だ」

「ありがとう。今の話を取り消せって突っこむ必要はないんだな」

「もちろんだ」

「じゃあ、待機しててくれ」ぼくは電話を切った。

腕時計に目を向ける。八時五十三分。廊下から階段に向かい、二階へあがった。ドアが開いていたので、そのまま入る。ウルフは朝食を終えて、ワイシャツ姿で上着を手に立っていた。

「なんだ？」ウルフが問いただした。

「たった今、ソールから電話があって、八時半のニュースの一つを教えてくれました。キャロル・マーダスの死体が路地で警官に発見されたそうです。絞殺です」

ウルフは目を怒らせた。「そんなはずはない」

「あります」

ウルフは上着をぼくに投げつけてきた。

すぐ近くに飛んできたが、ぼくはつかまえなかった。全身がすっかり麻痺していたのだ。ウルフが本当に上着を投げつけたなんて、信じられなかった。立ったまま見つめていると、ウルフは動いた。窓際のテーブルにある内線電話へ移動し、ボタンを押して、受話器を持ちあげる。ほどなく怒りのにじむかたい声で話しだした。「おはよう、セオドア。今朝はそちらへは行かない」受話器を置くと、行ったり来たりをはじめた。ウルフが行ったり来たりすることはないのに。六回ほど折り返してから、ウルフはこちらへ来て上着をとりあげ、着るとドアへ向かった。

「どこへ行くんですか?」ぼくは訊いた。

「植物室だ」ウルフは答え、そのまま行ってしまった。エレベーターが来る音がした。ウルフはおかしくなっている。ぼくは厨房へおりて、二杯目のコーヒーを飲んだ。

第十五章

仮にウルフが日課に従ったら、十一時に事務所に入ってきて、机にメモが載っているのを見つけただろう。内容は以下のとおり。

午前九時二十二分。海岸へ向かいます。ミセス・ヴァルドンには訪問を事前に電話連絡してあります。ニュースの放送を聞いたら、あなたと同じように大打撃を受けて、好ましくない行動をとるかもしれません。このまま捜査に努めるつもりだと思いますので、そのように伝えます。昼食には戻るつもりです。別荘の電話番号はカードに書いてあります。

A・G

実際には、ウルフになにか緊急連絡の必要があったとしても、電話番号は役に立たなかっただろう。ウルフがメモを読んでいる瞬間には、ぼくは依頼人をヘロンの助手席に乗せて、街路樹の下で駐車していたからだ。別荘にはメイドと料理人と乳母の他に週末の客が二人いて、絶対に対外秘の話をするには望ましい状況ではなかった。そこで、ニュースを伝える前にルーシーを車に乗せて連れ出したのだ。駐めた車内では、全神経をルーシーに集中できた。その必要があった。ルーシーはぼくの腕をつかみ、唇を噛んでいた。

「そう」ぼくは言った。「辛いね。ものすごく辛い。もし、がたくさんあるだけなおさらだ。もし、きみがネロ・ウルフを雇っていなかったら、ぼくはエレン・テンザーを見つけていなかっただろう。もし、ぼくがエレンを見つけていなければ、殺されることはなかっただろう。もし、きみが新聞記事や乳母車を使った芝居に協力していなければ、キャロル・マーダスは見つからなかっただろう。もし、ぼくらが見つけていなければ、キャロルは殺されなかっただろう。でも、そこはきれいに――」

「そうだとわかってるの、アーチー？」

「いや。わかってるのはソールの話と、ここへ向かう途中でラジオで聞いた内容だけだ。今話したことが全部だよ。ただ、百万対一で、殺されたのは今言ったとおりの理由だ。その『もし』をきれいに無視しなければならないんだ。ぶちまけなければ自分の身が危うくなるからと警察に白状したいのなら、それは筋の通ったことかも――」

「白状したくない」

ぼくは目を見張ったと思う。「本気かい？」

「本気。ネロ・ウルフに犯人を見つけてもらいたい。捕まえてもらいたい。その男、殺人犯だけど、二人とも殺したんでしょ？」

「そうだね」

「その人がうちのポーチに赤ん坊を捨てたのよね？」

「そうだね、ほぼ確実だ」

「だったら、ネロ・ウルフに犯人を捕まえてもらいたい」

「遅かれ早かれ、警察が捕まえるよ」

「ネロ・ウルフに捕まえてもらいたいの」

ぼくは密かに思った。わからないものだ。単なる量の問題なのかもしれない。ルーシーは一つの殺人には責任を感じられるが、二つだと話がちがうのだろう。いずれにしても、ぼくのやるべきことは予想とはまったくちがうわけだ。

「ウルフさんは捕まえたがっているよ、間違いない」ぼくは言った。「ぼくも同じだ。ただ、きみは依頼人で、今回は状況が変わることを理解する必要がある。エレン・テンザーの事件では、その死ときみがウルフさんを雇った仕事に関連性は一つも確立されていないと主張できたし、たぶんそれで逃げ切れる。キャロル・マーダスの事件はそうはいかない。ぼくらが、この『ぼくら』にはきみも含まれるけど、キャロルについて知っていることを話さなければ、明らかに殺人事件の重要な証拠を隠匿していることになる。おまけにそれが重要な証拠だとは知らなかったって主張はできない。もちろん、知ってるんだ。だから、警察に話さなければ、警察が自力でその点を探りだして先に犯人を捕まえたら、ぼくらは終わりだ。ウルフさんとぼくは免許をなくすだけじゃすまなくて、重罪で刑務所行きだろう。きみにはなくす――」

「アーチー、わたしは――」

「最後まで言わせてくれ。きみにはなくす免許はないけど、やっぱり重罪で告訴されても逃げられないだろう。警察がその主張を通すとはかなり考えにくいし、きっと起訴さえされないだろうけど、きみは無防備なんだ。これからの方針を決める前にそこは間違いのないようにはっきりさせておきたい」

「でも、それは……あなたは刑務所に入るってこと？」

「たぶん」

「ならいい」

「いいってなにが？」

「警察に話す」

「なに言ってるんだ、ルーシー。それじゃ振り出しに戻ってるよ。それとも、ぼくが、かな。ぼくらは白状してほしいわけじゃない。大反対だ。ウルフさんは怒りで煮えくりかえってる。エレン・テンザーが殺されたことに腹を立ててるんだ。ぼくをエレンのところへ送りこんだのは自分だったからね。それでも今度の殺人に比べればなんでもない。キャロル・マーダスを殺した犯人を捕まえられなければ、この先一年間は食事をしないだろう。それでも、きみが白状しなければどんな目に遭う可能性があるのか、どうしてもはっきりさせておく必要があっただけだ」

「だけど、あなたは刑務所行きになるでしょ」

「それはぼく個人の問題だ。それに仕事でもある、探偵だからね。その点はぼくらに任せておけばいい。キャロル・マーダスとエレン・テンザーときみとぼくらにつながりがあることを、警察は知らない。どんな緊急事態があったとしても、ぼくらが殺人犯を捕まえるまで知ることはないだろう。そうなれば、そこは問題じゃない。キャロル・マーダスのことをだれかに話したかい？」

「話してない」

「絶対に？」

「絶対に。話すなって命令したでしょ」

「たしかに。さて、今度はウルフさんとぼくのことを忘れて、自分のことだけを考えるように命令するよ。このまま頑張るかい、それとも諦める?」

ルーシーはまたぼくの腕をつかんだ。他人が予想するより、その指は力強かった。「正直に言って、アーチー。わたしに頑張ってほしい? 自分のことだけ考えて」

「ほしいね」

「なら、頑張る。キスして」

「命令みたいに聞こえるけど」

「そう、命令」

二十分後、ぼくは私道にヘロンを乗り入れ、カーブを曲がって、別荘のドアの前で停車した。人は見あたらなかった。みんな海岸のほうにいるようだ。ルーシーが降りるとき、ぼくは声をかけた。「思いついた。一年に一回、思いつくんだ。十二丁目の家の近くを歩いてるとき、ちょっと寄っていこうかなって気になるかもしれない。鍵をくれる?」

ルーシーは目を丸くした。ぼくらみたいな状況の場合、千人中九百九十九人の女性が、「いいけど、どうして?」と訊くだろう。ルーシーは、「いいけど」とだけ言って、車のドアを閉め、別荘に向かった。すぐに戻ってきて、ぼくに鍵を渡す。「あなた宛の電話はきてないって」そして、懸命に笑おうとした。ぼくはアクセルを踏んで車を出した。

この先の見通しで気に食わなさそうなことはいろいろあるが、そのうちの一つがウルフと一緒のテーブルで昼食をとることだった。ひどいことになるだろう。ウルフはいつも食事の席でおしゃべりをする。だから、二つのうちの一つが起こるはずだ。食事の間ずっと話をしようともしないでむっつりしているか、さらに悪ければ赤ん坊と殺人とはできるだけかけ離れた話題、例えば神学的教義におけるフロイトの影響なんかを持ちだして、自分の方針をごり押しするだろう。それでなくても、見通しは充分に暗い。だから、ぼくは店に寄り道して、フリッツが洟《はな》もひっかけないようなソースをかけた小ガモを食べた。角を曲がったところにあるガレージにヘロンを戻して、古い褐色砂岩の家の階段をのぼり、鍵を回したのは、二時五分前だった。

ウルフは昼食をそろそろ終える頃だろう。が、そうじゃなかった。食堂に姿はなかった。事務所のドアを通過するとき、廊下からちらっと室内を覗いてみた。そこにもウルフはいなかったが、別の人たちがいた。赤革の椅子にレオ・ビンガム、黄色い椅子の一脚にジュリアン・ハフト。二人の顔がこちらを向いたが、楽しそうではなかった。ぼくはさっさと厨房へ入った。ウルフはぼくの朝食用のテーブルにいた。チーズとクラッカーとコーヒーが置いてある。ウルフは顔をあげて唸り、咀嚼《そしゃく》を続けた。フリッツが言った。「小ガモが温めてあるよ、アーチー。フレミッシュ・オリーブ・ソース（バターと香味野菜、シャンパンをベースにして、オリーブやトリュフを混ぜたソース）だ」

帰る途中で小ガモを注文したときは家の昼食に出てくるなんて知らなかったと誓う。「海岸で軽く食べたんだ」ぼくは嘘をついた。ウルフに声をかける。「ミセス・ヴァルドンはあなたに殺人犯を捕まえてほしいそうです。手を引きたいなら、遅かれ早かれ警察が捕まえるだろうと話したのですが、こう言いました。引用です。『ネロ・ウルフに犯人を捕まえてもらいたいの』引用終わり」

ウルフは怒鳴った。「その話しぶりは下品だと、きみはよく承知しているだろうが」

「下品な気分なんです。お客が来ているのを知っていますか？」

「知っている。三十分前にビンガム氏が来た。わたしは昼食の最中だった。会っていない。フリッツを介して、ハフト氏とクリュッグ氏を来させなければ会うつもりはないと伝えた。ビンガム氏は電話を使った」ウルフはブリー・チーズをクラッカーに載せた。「なぜこんなに時間がかかった？ 依頼人がへそを曲げたのか？」

「いえ。ぼくがぶらぶらしていたんです。あなたとの昼食に気が進まなかったもので。ぼくに皿を投げつけかねないと思ったんです。クリュッグは来るんですか？」

「わからん」

「ビンガムが渋ったら、本気で会わないつもりだったんですか？」

「もちろん、会っただろう。ただし、こちらの昼食がすむまで待つ必要があったのだから、他の二人を呼んでみてもよかったのではないか」ウルフはぼくに指を突きつけた。「アーチー。わたしは自制心を失わないように努力をしている。きみにもそうするよう忠告する。わたしとしては理解しているが、この刺激がきみにとっても我慢の範囲を超えて――」

玄関の呼び鈴が鳴った。ぼくは行こうとしたが、ウルフが鋭く遮った。「いい。フリッツが出る。チーズを食べろ。コーヒーは？ カップを出せ」

フリッツはもう厨房を出ていた。ぼくはカップを出してコーヒーを注ぎ、クラッカーにブリー・チーズを塗った。自制心を失わないようにしていた。戸口に来ているのはウィリス・クリュッグかもしれない。ただ、クレイマー警視の可能性もある。そうだとしたら、一騒ぎ起きるだろう。が、戻ってきたフリッツはクリュッグ氏を事務所へ案内したと言った。ぼくは熱いコーヒーを一息で口に入れすぎて、舌をやけどした。ウルフはもう一枚クラッカーを食べ、チーズを食べ、さらに食べた。最終的にぼくにまだ食べるかと丁寧に尋ね、椅子を引いて立ちあがり、いつもどおりフリッツに食事の礼を言って、移動をはじめた。ぼくもついていった。

ぼくらが事務所に入ると、レオ・ビンガムが赤革の椅子から飛び出して、わめいた。「いったい何様のつもりなんだ？」

ウルフはレオ・ビンガムを迂回した。ぼくの進路はウルフの机と他の二人の間だった。ウルフは腰をおろした。「座りなさい、ビンガムさん」

「なんだと、あんたは――」

「座るんだ！」ウルフは怒鳴りつけた。

「こっちは――」

「座れ！」

ビンガムは座った。

ウルフはビンガムを見据えた。「わたしの家では、大声を出すのはわたしの役です。あなたはわたしに会いにきた。こちらで呼んだわけではない。用件はなんですか？」

「わたしは呼ばれた」ジュリアン・ハフトが口を挟んだ。「そっちこそ、どんな用件なんですか？」声は細くて甲高く、金切り声に近い。

「公共の電波にのせるために来たわけじゃない」ビンガムが言った。「そっちがクリュッグとハフトを呼びたがったんだろうが。で、ここにいる。二人と話がついたら、今度は他の連中抜きで話をしてもらう」

ウルフの頭がゆっくりと右を向き、ハフトを通過してぼくに一番近い位置のクリュッグを見て、また左に戻っていった。「時間の節約になるのです」と説いた。「あなたがた三人が揃っていればね。それぞれに同じ質問をしたいものですから。あなたがたもわたしにそれぞれ同じ質問をしたいはずです。その質問とは、火曜日に送った写真のなかになぜキャロル・マーダスの写真があったのか、でしょう。わたしの質問は、なぜあなたがたは一人もミス・マーダスの写真だと言わなかったのか、です」

ビンガムがかっとなった。「この二人にも写真を送ったのか?」

「そうです」

「どこで手に入れたんだ?」

「これから説明します。ただ、前置きは長いです。まず、下準備として、約六週間前にこの部屋で話した内容は純然たる虚構だと承知してもらうべきですな。ミセス・ヴァルドンは匿名の手紙を受けとってはいません」

ビンガムとクリュッグが騒いだ。ハフトはもっとよく見ようと丸い眼鏡の位置を調整した。

ウルフは騒ぎを無視した。「ミセス・ヴァルドンがわたしに会いにきた用件は、匿名の手紙ではありませんでした。自宅のポーチに捨てられた赤ん坊の件だったのです。ミセス・ヴァルドンの依頼は、赤ん坊を捨てた人物と母親の特定でした。父親も、です。結果は無残な失敗でした。なんの収穫もないまま一週間が過ぎたため、ミセス・ヴァルドンの亡き夫が赤ん坊の父親だという推測に踏みこむ決定をし、ヴァルドン氏の親しい友人、三、四人の協力をとりつけるよう、ミセス・ヴァルドンに依頼しました。結果はご存じのとおりです。アプトン氏はわたしの要請をはねつけた。あなたがた三人は去年の春、妊娠開始時にヴァルドン氏と接触があった女性の名前一覧を提供した。申し添えておきますが、キャロル・マーダスの名前はどの一覧にも載っていなかった」

「キャロルは故人だぞ」ビンガムがたまりかねたように口を出した。

「そのとおりです。一覧表の作成は当然、挙げられた女性で該当する時期に出産した人物がいるかどうかを把握するためでした。四人の該当者がいましたが、赤ん坊は全員所在が確認できました。その作業はまたしても失敗だったのですが、四週間近くかかりました。ほぼ八方塞がりの状態でしたが、わたしはもう一つの推測に踏みこんでみました。問題の母親は子供の様子を見たがるだろうというものです。そこで、広報活動の手配をしました。まあ、ミセス・ヴァルドンについての『ガゼット』の記事は見ているでしょうな」

三人とも見ていた。

「効果はてきめんでした。乳母車には隠しカメラがとりつけられていて、立ち止まって覗きこんだ全員の写真が撮影されました。月曜と火曜に送られた写真の出所はそこです。あなたがたはそれぞれ、一人も見覚えがないと連絡してきましたが、ミセス・ヴァルドンがキャロル・マーダスに気づいて名前を教えてくれました。調査の結果、ミス・マーダスは昨年九月にフロリダに行って冬まで滞在し、一月十六日に偽名で入院して出産したこと、二月五日に赤ん坊を連れてニューヨークに戻ったことが判明しました。ミス・マーダスは新聞記事でワシントン・スクエアにおびき寄せられて子供を見ようとしたことで、ミセス・ヴァルドンのポーチに置き去りにされた赤ん坊の母親だと判明したわけです。当然、わたしはミス・マーダスとの面会を望みました。昨日の朝グッドウィン君が電話をかける予定だったのですが、向こうに先手を打たれました。ミス・マーダスが電話をかけてきたのです……時間は、アーチー？」

「八時五十分です」

「そして、十二時少し過ぎにここへ来た。ミス・マーダスは——」

「ここ、へ来た？」レオ・ビンガムが訊いた。

「はい。身辺調査されていることに気づき、理由を知りたがっていました。わたしは説明したうえで質問しましたが、そのうち三つにしかミス・マーダスは答えませんでした。ビンガムさんを知っていること、ハフトさんを知っていること、お二人と元夫のクリュッグ氏のいずれも赤ん坊の父親ではないこと。そこに座っていました」ウルフはビンガムの座っている赤革の椅子を指さした。「他の質問もしたのですが、ミス・マーダスは一つも答えることなく突然立ちあがって出ていきました。そして、亡くなったのです」

だれも口をきかなかった。ビンガムは椅子の腕に肘をついて背を丸め、歯を食いしばってウルフをじっと見つめていた。クリュッグの目は閉じていた。横から見ると骨張った長い顔がなおさら長くみえた。ハフトは口元をひねって、瞬きをしていた。横からだと眼鏡の奥でまつげがパチパチと動くのが見えた。

「じゃあ、それが理由で……」クリュッグは口を開いたが、言いよどんだ。

「自分が嘘つきだと認めたな」これはビンガム。

「キャロルはそちらの質問には答えなかったと言いましたね」ハフトが発言した。「だったら、自分が赤ん坊の母親だとも言わなかったのでは」

「言葉では言いませんでした。態度で物語りました。わたしは包み隠さず話しています。ミス・マーダスは亡くなり、立ち会っていたのはグッドウィン君ですから、こちらは好きなように説明できます。それでも、腹を割って報告しているのです。キャロル・マーダスがミセス・ヴァルドンのポーチに捨てられた赤ん坊の母親であるのは確実ですし、わたしがそのことを知っていて立証できると悟り、ミス・マーダスは非常に動揺しました。第三者、Xがなんらかのかたちで深く関わっていること、ミス・マーダスがわたしとの会話をXに伝えたこと、自分の関与をばらされると懸念したXがミス・マーダスを殺害したことは、ほぼ確実です。わたしはXを見つけて、正体を暴露するつもりです」

「これは……途方もない話だ」クリュッグが言った。

「腹を割った話かもしれないが」ハフトが言った。「わたしにはどうも……どういう関与なんだ？ポーチの乳児の遺棄に関与したというだけで殺害したと？」

「ちがいます。エレン・テンザーという名前に心あたりはありますか、ハフトさん？」

「ない」

「いかがですか、クリュッグさん？」

「エレン・テンザー？　ないですね」

ビンガムは聞き返した。「車から遺体が見つかった女性の名前じゃなかったか？　絞め殺されたんだったかな？　数週間前だが」

「そうです。彼女は元看護婦でした。ミセス・ヴァルドンのポーチに置き去りにされた赤ん坊を自宅で預かっていた人物で、グッドウィン君が見つけだして話をしました。そして、Xに殺害されました。キャロル・マーダスからの脅威は、どんなかたちであったにせよ赤ん坊との関わりがあったとの暴露だけでなく、さらにエレン・テンザーの殺害犯だと察知されたことでもあったのです」

「どうやって察知したんですか？」ハフトが追及した。

「おそらく、推測によってでしょう。おそらく、自分の赤ん坊がエレン・テンザーに預けられていると知っていたのでしょう。おそらく、新聞を読んで、エレン・テンザーの身に起こったこと、グッドウィン君が赤ん坊のオーバーオールのボタンについて問い合わせにいったこと、警察の捜査が最近預かっていた赤ん坊に集中していることを知ったのでしょう。おわかりでしょうが、わたしは本当に腹を割って話しているのです。ミス・マーダスはあれやこれを認めたと言ってしまうこともできました。グッドウィン君もそれを裏づけたでしょう。あえて腹を割って話しているのは、あなたがたの助けが必要だからです」

「本当に腹を割って話しているのか？」ビンガムが問いただした。

「はい」

「これはすべて実際の話なのか……赤ん坊、ルーシー・ヴァルドン、キャロルが昨日ここに来たこと、エレン・テンザーの話も？」

「そうです」

「警察に話したのか？」

「いいえ。わたしとしては――」

「なぜ話さない？」

「今から説明するところです」ウルフの視線が右から左に移動した。「提案があります。あなたがたはわたし同様、キャロル・マーダスを殺害した犯人に報いを受けさせたがっていると推測します。わたしが警察に話す場合、知っている全部を話すことになります。あなたがたが提供した一覧表の件――もちろん、アプトン氏が提供を拒否した事情を含めて――そのうちのどれにもキャロル・マーダスの名前がなかった点もです。身元特定のためあなたがたに写真を送り、そのうちの一枚がかなりよく写ったキャロル・マーダスの写真だったのにもかかわらず、全員が見覚えがないと報告してきた点も。あなたがたにとっては不愉快な事態となるでしょう、過酷にさえなるかもしれません。警察は能なしではありません。あなたがたそれぞれが捜査とは直接関連のない個人的理由で隠しごとをしていた可能性も考慮に入れるでしょう。しかし、あなたがたの一人が赤ん坊に関してキャロル・マーダスと関わりがあったのなら、エレン・テンザーを殺害したのなら、確実に一覧表からミス・マーダスの名前を省き写真にしらを切るだろうとも考えるはずです。従って、警察は全員をしつこく追及するでしょう」

「そちらの言い分では」クリュッグは冷たく言い放った。「わたしたちへの思いやりからこの経緯のすべてを警察に隠しているように聞こえるが」

ウルフは首を振った。「まさか。あなたがたに思いやりを持つような借りはありません。そちらも同じでしょう。ただ、お互いに役に立てるのではないでしょうか。わたしとしては、できれば警察が殺人犯を捕らえる手助けをしたくありません、自分で捕まえたいので。そう決意しているのです。犯人は悪辣かつ無礼な行為でわたしに挑んでいるのです。依頼人のミセス・ヴァルドンは内密に情報を提供したわけですし、万《ばん》やむをえない場合のみ、開示します」

ハフトは眼鏡をはずし、つるをもてあそんでいた。「提案があるという話でしたが」

「はい。わたしは情報を警察に提供しないことにより、あなたがたを大変な厄介ごとから救えます。お返しに、あなたがたはこちらの質問に答える。数は多いです。特定の質問に答えを拒否されるのはかまいませんが、返答拒否は答えより多くの情報を提供する場合がままあります。重要なのは、質問が終了するまで、全員が席を立たないことです。何時間もかかるかもしれません。あなたがたの心の裡《うち》やキャロル・マーダスに関する記憶のすべてを把握できるとの期待してはいませんが、可能なものはすべて入手するつもりですから」

「おそらく」クリュッグが口を挟んだ。「個別に話したほうが、収穫は増えるんじゃないですか？」

ウルフは首を振った。「このほうがいいのです。ある人物が省略したことを他の人物の口から聞けるかもしれませんから。それに、より安全です。零か百かになるはずなので。どなたか一人がわたしよりも警察の尋問に応じると言うのなら、提案は撤回です。どうですか、クリュッグさん？」

「いずれにしても、警察の尋問には答える。キャロルの元夫なので。もちろん、一覧表と写真の件が加われば、事態はさらに悪くなりますね。そちらが評判どおりの人物なら……わたしはあなたを選ぶ。質問に答えます」

「ビンガムさん？」

「賛成だ。そちらの質問に答えるかもしれない」

「ハフトさん？」

ハフトは眼鏡を戻していた。「わたしにはなにからなにまで一方的に思える。その気になれば、そちらはいつでも一覧表と写真の件を警察に話せる」

「そのとおりです。その危険は覚悟してもらいます。あなたがた全員がこちらの提案を受け入れた場合、密告はしないと自分ではわかっていますが、そちらにはわからない。確実にばらされるか、可能性があるかの二者択一になりますな」

「結構。提案を受け入れます」

ウルフは椅子を回して、時計を見あげた。二時五十分。日課よ、さようなら。たぶん、やりくりはつかないだろう。ウルフは椅子を戻した。「時間がかかりますので」と声をかける。「飲み物はいかがですか？」

全員が希望したので、ウルフはブザーを鳴らしてフリッツを呼んだ。ハフトはスコッチの炭酸割り、クリュッグはバーボンの水割り、ビンガムはブランデーと水、ぼくはミルク、ウルフはビール。ウルフは椅子にもたれて目を閉じた。ハフトは立ちあがって本棚まで移動し、背表紙を眺めた。ビンガムは電話を貸してくれと言い、結局使わなかった。クリュッグは座ったまま落ち着かない様子であっちこっち眺めたり、指を組んだりほどいたりしていた。バーボンの水割りが届くと、少し口にしたが、うまく飲めずにあやうく吐き出すところだった。ウルフはビール瓶を開け、蓋を引き出しに落とし――数えられるように、いつもそこに落とす――グラスに注いで、泡が一インチさがるのを待ってから飲んだ。

ウルフは唇をなめ、元夫に視線を注いだ。「提案があります、クリュッグさん。キャロル・マーダスについて話してください。あなたとの関係、他人との関係、重要性があると思われることならなんでも。必要なときだけ、質問しますので」

第十六章

ウィリス・クリュッグはなかなか話そうとしなかった。ハフトを見やる。ちらっと目を向けただけではなかった。次にビンガム、次に両手で包みこむように持っている膝の上のグラスを見やる。視線をグラスに落としたまま、口を開いた。

「いろいろといるんです」クリュッグは切り出した。「結構な人数です。わたしと同じくらいキャロルとわたしについて教えられそうな人ですが。たぶん、キャロルについてのほうが多いかな。結婚生活はちょうど十四か月でした。やり直したいとは思わない……」顔をあげて、ウルフに目を向ける。「わたしがディック・ヴァルドンの著作権代理業者だったのは知っていますね」

ウルフは頷いた。

「キャロルがわたしのところへ寄こしたんです。彼女とは面識もなく、名前を聞くのもはじめてでした。『ディスタフ』誌の原稿閲読者で、マニー・アプトンにディックの小説を三本掲載するように話をつけ、著作権代理業者が必要だろうとわたしのところへディックを来させたんです。わたしはディックを通じてキャロルと会い、約一年後には結婚しました。キャロルとディックが……付き合っていたことは、知っていました。みんなもです。マニー・アプトンとも付き合っていた。それもみんなが知っていた。死んだ人間を悪く言っているわけじゃない。今ここにキャロルがいたとしても、悪く言われているとは思わなかったでしょう。キャロルがわたしと結婚したのは、『ディスタフ』の小説部門の編集者という重要な役職に就き……その、本人の言葉を借りますか。おとなしくなりたかったからだそうです。言葉の使いかたがうまい人だった。作家としてもやっていけたでしょう」

クリュッグはバーボンの水割りに口をつけ、気をつけながら飲んだ。「三、四か月くらいはおとなしくしていたと思いますが、本当のところはわかりません。キャロルが相手では、本当のことを知るのは絶対に無理だろうと早々に気づきました。具体的な名前を挙げるのはやめておきます。五年以上も前の話で、そちらが関心を持っている時期にはなんの意味もありませんから。わたし自身が関心を持っていないわけじゃありません。関心はあります。自分でキャロルの首を絞めかねない時期もありました、仮に……その気があったとしたら。でも、もう昔の話です。殺人犯を捕まえたいと言ってましたね……いいですとも、わたしもそうしてもらいたい。当然じゃありませんか。一つ信じがたいのは、キャロルに赤ん坊がいたという話です。あなたの話しぶりでは間違いなさそうですが。わたしと結婚していたときには、中絶手術をしました。仮に赤ん坊を産んだなら、ディック・ヴァルドンが父親のはずです、間違いない。ディックがキャロルに対して持っていたものを、他の人間が持つことはなかった。わたしになかったのは、たしかだ。赤ん坊については確信があるのですか？　本当にフロリダに行って、出産したと？」

「はい」

「だったら、ディック・ヴァルドンが父親です」

ウルフは唸った。「依頼人になりかわって感謝します。もちろん、父親の特定は依頼人の関心事ですから。続けてください」

「これで終わりです」

「そんなはずはない。離婚はいつでした？」

「一九五七年」

「それ以降についての話は？　特にここ十六か月は？」

「そこは力になれませんね。この二年間、キャロルに会ったのは、パーティーやらでせいぜい五、六回です。手紙のやりとりは多少しましたし、電話ではかなり頻繁に話をしましたが、仕事上のことだけです。送付したり、送付を前向きに考えている原稿について。もちろん、噂は聞いてました。『前の奥さんがだれそれと一緒にいたのを知ってる』とか言いたがる人がいますから。なんの意味もありませんね。そんな連中が言うことは、なんの意味もない」

「それは間違いです、クリユッグさん。人類がはじめて言葉を発明して以降の発言はすべて記録の一部です、たとえ残らなくともね。そういった無駄口には空虚な内容が多いことは認めますが。一つ、質問です。元妻との関係が離婚以降は平穏であったのなら、なぜ提出した一覧から名前をはずしたのですか？　なぜ、写真で身元を特定しなかったのです？」

クリユッグは頷いた。「当然の質問ですね」ここで間があった。「正直なところ、不明です」

「意味がわからん」

「意味がわからないかもしれませんが、不明なんですよ。一覧表に名前を入れなかったのは簡単に理解できると――」言葉が途切れ、長い間があった。「いや、逃げるのはやめます。意識的にどれだけ自分を正当化しようと関係ない。潜在意識は自分では操れませんが、どのように働いているかはわかることがありますからね。キャロルがルーシー・ヴァルドンに匿名の手紙を送った可能性を、わたしは潜在的に否定した。だから一覧表に名前を入れなかったし、写真を破った。これが精いっぱいの答えです、あなたに対しても、警察に対しても」

「警察はそんな質問を絶対にしないはずです。もちろん、この質問はするでしょうから、わたしもしてみてもいいでしょう。あなたはキャロル・マーダスを殺しましたか？」

「そんなまさか。殺してません」

「ミス・マーダスの死を知ったのは、いつ、どんな経緯でしたか？」

「わたしは週末を田舎で過ごしていました。ウェストチェスター郡のパウンド・リッジに小さな家があるんです。遅い朝食をとっているときに、マニー・アプトンが電話をしてきました。警察からマニーに連絡があり、死体の身元確認を頼まれたそうです。キャロルはニューヨークに親戚はいませんでしたから。わたしは車でニューヨークに戻り、事務所に向かいました。着いてほんの数分後にはレオ・ビンガムから電話があり、ここに来るように頼まれたんです」

「事件当夜はパウンド・リッジにいた？」

「はい」

「警察はもっと詳しく聞きたがるでしょう、元夫ですからね。まあ、そこは警察に任せるとしましょう。もう一つ、仮説に基づく質問です。キャロル・マーダスが昨年四月にリチャード・ヴァルドンの子供を妊娠し、今年の一月に出産したとします。ヴァルドン氏の死亡の四か月後です。Xがそのことを知り、赤ん坊の厄介払いに力を貸し、その後に仲違いか嫉妬か悪意により子供を連れ去ってミセス・ヴァルドンのポーチへ置き去りにした。では、Xはだれか？　ミス・マーダスの活動範囲内にいる人物のうち、条件にあてはまる人物は？　糾弾しろと言っているのではありません、単に名前を挙げてほしいのです」

「無理ですね」クリュッグは答えた。「さっきも言ったとおり、ここ二年間のキャロルについては、なにも知らない」

ウルフはビールを注いで瓶を空にし、泡が唇に触れる適正な位置になるのを待ち、飲んで泡をなめとってからグラスを置き、椅子を回して赤革の椅子に顔を向けた。「仮説に基づく質問は聞きましたね、ビンガムさん。ご意見はありますか？」

「聞いていなかった」ビンガムは言った。「ウルフさんについて考えていたんでね。ブランデーが回ってきたらしい。あの写真を手に入れた方法について、あんたの話を信じるかどうか決めようとしてるところだよ。すごく口がうまいな」

「くだらん。信じるか、信じないかは、お好きにどうぞ。あなたはこちらの提案を受け入れた。キャロル・マーダスについて、どんなことを話しますか？」

ビンガムには酔っ払う時間はなかったが、努力を重ねている最中だった。フリッツがコニャックの瓶を小テーブルに置いていったし、ビンガムの二杯目はたっぷり三オンスだった。ネオンサインみたいな笑顔は一度も点灯していなかったし、ひげはあたっていないし、ネクタイの結び目は曲がっていた。

「キャロル・マーダスか」口を開く。「キャロル・マーダスは色っぽくて上品かつ優雅な尻軽女だ」グラスを掲げ、「キャロルに」と飲んだ。

ウルフは言った。「ミス・マーダスを殺しましたか？」

「言うまでもないね」ビンガムはグラスを空にして、小テーブルに置く。「わかった、まじめに話そう。知りあったのは何年も前で、キャロルは指を鳴らせばおれを自分のものにできてただろうが、問題が二つあった。おれは破産してパンくずでしのいでる状態だったし、キャロルはおれの一番の親友、ディック・ヴァルドンの所有物だった。『所有物』ってのは間違った表現だな、あの女はだれにも所有されたことはないから。ただ、あの年にはディックの女だった。それから、他のだれやかれやの女になった。あのいやなやつ、マニー・アプトンとか。知ってのとおり、ウィリス・クリュッグともしばらく結婚してた」ビンガムはクリュッグを見やった。「あんたはいやなやつじゃない。なあ、本気であの女がおとなしくすると思ってたのか?」

返事はなかった。

「ちがうよな。思えるわけがなかった」ビンガムはウルフに視線を戻した。「もう一つ、間違った言葉を使ったな。キャロルは尻軽女じゃなかった。身持ちの悪い女じゃなかったのはたしかだ。だらしない女が立派な仕事を六か月休んで子供を産むか?」

「しかし、あなたはまだわたしを信じるとは決めていない」

「うるさい、信じてるよ。信じるさ、いかにもキャロルらしい話だからな。クリュッグの言うとおり、父親はディックだよ。で、ディックは死んだ。だからキャロルはそのまま子供を産めたんだ。わかるか? 子供の男親がいないことになる、赤ん坊は自分だけのものってわけだ。そうして、産んだあとで要らないって気づいたんだ。あの女は男に縛りつけられなかっただろ。赤ん坊に縛りつけられるのも同じくらい辛い。ただ、産んでみるまでそのことに気づかなかったんだ。だからあんたの話を信じるんだよ、キャロルにぴったりあてはまるからな。一つ気に入らないことがあるのは認める。だれかが赤ん坊を厄介払いする手伝いをしたって言ったな。キャロルが頼んだはずだって。なんでおれに頼まなかったんだ？　心外だよ。本当に傷つくな」

ビンガムは片手を酒瓶に、もう片方をグラスに伸ばして、酒を注ぎ、気持ちよくあおった。コニャックを味わってるんじゃなく、ただ、飲んでいた。「むかつくな」ビンガムは言った。「おれに頼むべきだったのに」

「女性に頼みたかったのでは」

「ありえないね。それは除外していい。キャロルならありえない。秘密にしておく必要があったんじゃないのか？」

「はい」

「キャロルはどんな女も信用しなかっただろう。どんな秘密でも隠しとおしてくれるなんてね。キャロルは女を信用したりしない、以上」

「ミス・マーダスから依頼がなかったこと、他に採用可能な選択肢より自分を優先しなかったことに、あなたは気分を害している。ということは、他の選択肢がだれかについてある程度心あたりがあるにちがいない。この質問は仮説に基づいてはいません。ミス・マーダスはだれかに赤ん坊を厄介払いする手伝いを頼んだ、これを事実として考えてください。あなたでなければ、頼んだ相手はだれですか？」

「知らないね」

「もちろん、知ってはいないでしょう。ですが、これほど微妙な問題でミス・マーダスがあなたより信頼する可能性があるのはだれですか？」

「ふん、そういう考えかたもありか」ビンガムはグラスを唇に持っていって、押しあてた。少しばかりグラスを傾ける。「まずは元夫と言いたいね。ウィリス・クリュッグ」

「クリュッグさんは、ミス・マーダスとのここ最近でのつながりは仕事関係に限られると言っています。それに異論を唱えるのですか?」

「いや。こっちは質問に答えてるだけだ。いい質問だよ、まったく。キャロルがクリュッグのことをどう感じてたかは、わかってる。クリュッグに好意的だった。信用できるし、頼りになるってね。それでも本人がちがうって言うなら、きっとちがうんだろう。二番目の候補はジュリアン・ハフト」

ウルフは唸った。「あなたはここにいる人物の名前を挙げているだけですな。ふざけている」

「ちがうね。キャロルはハフトを一流だと思っていた。文章の判断にかけては、並ぶものがいないってね。それを本人にも伝えていた。キャロルが一緒に夕食をとって、そのまま家に帰って原稿を読む気にさせるたった一人の男だよ。尻軽女がキャロルには正しくない表現だって言った、もう一つの理由がそこだ。キャロルは仕事熱心だし、有能だった。おれはふざけることもあるさ、でも今はちがう。ただ、クリュッグを一番にするべきじゃなかったな。マニー・アプトンを見逃してた。あいつが一番だ」

「ミス・マーダスの雇い主ですな」

「というか、上司だ。マニーが一番になる理由はそれだよ。六か月の休暇を与えて、復職させた。不在の理由がなんだったのか、知っているはずだ。おれを含めて、キャロルは友人たちに長期休暇をとるって話してた。それでも、マニーには本当のことを話さなきゃならなかったはずだ。いや、わかりきったことじゃないか。あんたが世間で思われている半分も優秀なら……目の前にでんとあるのに」

「たしかに。しかし、ミス・マーダスがあなたの座っている椅子にいたのは、つい昨日の午後のことです。アプトン氏が選択肢として最有力なのは認めるとして、他にもいますか？　ハフトさんとクリュッグさんの他には？」

「いない」ビンガムはブランデーを飲んだ。「おれが知らないだれかがいたんじゃなければ。で、いなかったと思う。キャロルはおれにあれこれ話すのが好きだった。おれの物事の捉えかたが好きだったんだ」

「さきほど、ミス・マーダスを殺したかどうかを訊いたと思うのですが」

「で、言うまでもないって答えた。言うまでもなく、やってないって意味だ。昨日の夜どこで過ごしたかとか、キャロルが死んだのをいつどんなふうに知ったのかは訊かれてないぞ。事件当夜は自宅のベッドにいた、一人だ。今日は仕事で九時前からスタジオにいた。秋の大きな番組のために試験番組を準備してるんだが、一か月遅れでね。スタジオのだれかがニュースをラジオで聞いて、教えてくれた。おまけに、火曜日に送られてきた写真のなかにキャロルのがあったしな。だから、できるだけ急いでスタジオを抜けて、写真について訊きにきた。あんたがなにか知ってるはずだってことは、よくわかってたんでね」

「では、あなたは写真の身元を確認したんですね」

「もちろんわかった。そう言わなかった理由、一覧表に名前を入れなかった理由は、クリュッグと同じだ。ただ、クリュッグは潜在意識だって言ってたが、おれはちがう。ルーシー・ヴァルドンに匿名の手紙を送ったやつを探してるって話だったろ。キャロル・マーダスはどんな相手にも匿名の手紙を送ったりできやしない。おれは潜在意識に教えてもらう必要はなかったね」

「ミス・マーダスとは親しい仲だったのですか、ビンガムさん？」

「なにを言ってる。そうじゃないさ、口をきいたこともなかった。狼煙《のろし》で連絡してたんだよ」腕時計を見やる。「スタジオへ戻らなきゃならない」

「もうじき終わるはずです」ウルフはグラスに手を伸ばして飲み干し、置いた。「ハフトさん。あなたはビンガムさんの代替品候補で上位に挙げられています。感想をどうぞ」

ハフトはひょろながい足をまっすぐ投げ出して、椅子にだらしなく座っていた。ぐんなり座っていても格好がつく人もいるが、ハフトはそんな体格じゃない。スコッチの炭酸割りは飲みおえて、ウルフの机にグラスが置いてあった。

「褒められたと受けとるべきなんでしょうね」ハフトの細くて高い声は、ビンガムのよく響く低音の声とはいかにも対照的だった。ビンガムに顔を向ける。「感謝するよ、レオ。キャロルがそんなに微妙な問題で信用に値する人間だと判断した、そう考えてくれたんだから。わたしの名前が最後で、マニー・アプトンが一番だとしてもね」ウルフに向き直る。「ミス・マーダスとの関係がどんな性格のものだったかをビンガムが的確に示した以上、なにも言うことはなさそうですね。残るは一覧表と写真についてのわたしの言い分だけかな。が、その点も先を越されたようで、他の人の言い分を繰り返すしかない。ミス・マーダスは匿名の手紙を送るような人ではなかった、わたしはそう信じています

——いや、昨晩の行動もついての質問もありましたか。週末はウェストポートにある自宅で過ごす習慣で。ただ、当社の最も大切な著者の一人、少なくともわたしにとっては大切な作家が今日の午後イギリスから到着して、今夜は夕食と劇場へ連れていく予定なんでね。それに備えて、〈チャーチル・タワーズ〉の続き部屋で休み、ビンガムから電話があったときもそこにいました。そのときはじめて、ミス・マーダスのことを知った」足を引く。「質問はありますか?」

ウルフは眉をひそめていた。「大切な作家の名前は?」

「ルーク・チーサム」

「『今夜は月がない』の著者ですか?」

「そうです」

「御社で出版を?」

「はい」

「よろしくお伝えください」

「喜んで。承知しました」

ウルフは時計を見やった。三時四十八分。ちょっとした演説には充分な時間がある。「みなさん」と切り出す。「わたしたちに相互の信頼はないかもしれませんが、相互利益はあります。キャロル・マーダスの名前を一覧表から除外し、写真の身元確認を避けたことに対する表向きの言い訳ですが、わたしを納得させるかもしれませんし、させないかもしれません。ただし、確実に警察は納得しないでしょう。だれか一人の言い訳はでまかせだと疑う。そして、事実だと証明できる人はいない。従って、あなたがたはここでの話の内容、それどころか、ここに来たことも警察に知られたくない。わたしも同じです。これが相互利益です。結果はいずれわかるでしょう。エレン・テンザーとキャロル・マーダスを殺した犯人は、必ず責任を問われることになります。先ほど説明した理由により、わたしはその運命への引き渡し役になりたい。運に恵まれれば、そうなることでしょう」

ウルフは立ちあがり、「いずれにしても、依頼人の代理として感謝します」と言って、日課より五分早く廊下へ向かった。レオ・ビンガムはブランデーの瓶を見ていたが、腕時計へ視線を移し、飛びあがって出ていった。ぼくは追いかけた。廊下ではウルフがエレベーターに乗りこんでいるところで、ビンガムはぼくより先に玄関のドアを開けてしまった。そこで、ぼくはドアを押さえて開けたままにした。残りの二人が来たからだ。軽く頭をさげて出ていく。ぼくは敷居に立ったまま、二人が階段をおりるのを見守ってから、事務所へ戻った。

　腰を据えて考えるべきことがいくつかあったが、主な問題はもちろんビンガムの他の選択肢だった。ビンガムが自分で言うとおりキャロル・マーダスをよく知っていたのなら、容疑者は四人だけとなる。たとえビンガム自身が殺人犯だったとしても、キャロルがビンガムを選んでいなければ一番選ぶ可能性の高い連中の名前を挙げるだろうから、犯人はあの四人のうちの一人の可能性が高い。ぼくは窓辺に立ち、机の椅子に座り、さらに立って、考えてみた。だれだろうか？　一人遊びのなかでも、一番無謀だ。そして、それを全員がやっている。本当に裂け目を開く決定的な突破口を特定できない限り、言動や態度から一人を殺人犯として指名するゲーム。ぼくには決定的な突破口は特定できなかった。

　厄介なのは、持ち時間がどれぐらい残っているのか見当もつかない点だ。一か月か、一週間か一日か。それとも、一時間か。殺人課はキャロル・マーダスのあらゆる側面を調べあげ、容疑者全員から刑事が直接事情を訊くだろう。たぶんウィリス・クリュッグが最初だ。で、だれかが音をあげるかもしれない。そうなったら、こっちが苦しい立場に追いこまれる。求められていない情報を提供しないのと、実際に求められて提供を拒むもしくはでたらめを言うのとでは、大違いだ。

　クレイマー警視に必要なのは、キャロル・マーダスと赤ん坊につながりがあるんじゃないかという手がかりだけだ。いや、キャロルがウルフに会いにきたという情報だけでもいいかもしれない——この家の玄関まで来て、事務所までずかずかと入っていき、ウルフにキャロル・マーダスの名前に聞き覚えがあるかと質問させるだけのことであれば、結局なんでも。それで充分なのだ。ぼくらが踏んでいるのは、これまでにないほどの薄氷だった。植物室まで行って、ウルフに言ってやりたかった。ぼくに事前の相談なくクリュッグとハフトとビンガムに事情をばらしたのだから、ぼくだっていつどこで事情をばらしていいのか確認するつもりはない。ぼくを首にするか、しょうもない蘭と遊ぶのをやめて対策を練るかを選べ。それを我慢するのには、厨房へ行ってフリッツとおしゃべりするしかなかった。ウルフがおりてくるまでは、待ってやろう。そのとき提案があるかと訊かれたら、なにか投げつけてやる。

ただし、ウルフが来たときには、ぼくは刑務所に入れられて心の修行をする予行練習として事務所で座っていたりはしない。廊下にいてやる。ウルフは立ったまま受けとめるのだ。ぼくはせっついたりはしない、殴ってやる。というわけで、エレベーターの音が聞こえてくると、廊下に出て扉の正面に立った。エレベーターは音をたてて停止し、扉が開いた。ウルフは出てきて、自分の目の前になにがあるかに気づいた。ぼくが口を開くと同時に玄関の呼び鈴が鳴り、一緒に頭を回してマジックミラーを確認した。クレイマー警視だった。

第十七章

　ぼくらが頭を急いで戻すと、目が合った。言葉は必要なかった。狼煙も。ウルフは小声で、「来い」と言って、奥に向かった。ぼくも続いた。厨房ではフリッツが流しでクレソンを氷水に浸していた。ぼくらに目を向け、ウルフの顔つきを見て、体ごとこちらに向き直る。

「クレイマー警視が玄関に来ている」ウルフは告げた。「アーチーとわたしは裏口から出ていく、いつ戻るかはわからない。今夜ではないことはたしかだ。警視を入れるな。チェーンをかけろ。わたしたちは家にいないとだけ言え。他にはなにも言うな。捜索令状を持って再訪してきたら入れるしかないだろうが、一切口を開くな。いつ出ていったかも知らないことにしろ」

　呼び鈴が鳴った。

「わかったか？」

「はい、ですが――」

「行け」

　フリッツは行った。ウルフが訊いた。「パジャマと歯ブラシは？」

「時間がありません。ステビンズが一緒なら、大急ぎで三十四丁目に回らせるでしょう」

「現金は？」

「それほど。少しとってきます」ぼくは飛び出した。が、フリッツが玄関のドアをチェーンの制限内で開けている。足音を殺して事務所に入り、金庫の現金用の引き出しから紙幣をつかむと、金庫の扉を閉めて錠を回し、静かに廊下に戻った。ウルフはそこにいて、階段をおりようとしていた。おりきったところでぼくが先に立ち、外に出てから四段の階段をあがると、煉瓦敷きの小道を通ってホッチキスの錠がついた門へ向かった。その先の小路を抜けて三十四丁目の歩道に出る。立ち止まって周囲を確認したところでなんの足しにもならない。クレイマーが前もってここに警官を配置していたとは思えないが、そうだとしたらすぐに思い知らされるだろう。歩道を左へ曲がる。ウルフみたいにほとんど歩かない人間が苦労なしに足を伸ばせるとは思えないだろうが、大丈夫だった。

しゃべることさえできた。「尾行はいるか?」

「大丈夫だと思います。こんなことをしたのははじめてですし。どっちみち尾《つ》けられはしませんよ、止められます」

七月の土曜日にしては、歩道に人が多かった。腕を振りながらまっすぐに歩いてくる人を通すためにぼくらは左右に分かれ、また並んだ。ウルフが訊いた。「ホテルに泊まらなければならないのか?」

「だめです。あなたの写真はしょっちゅう新聞に載ってますから。角を曲がったら、速度は落とせますよ。提案があります。今朝、防空壕が必要になるかもしれないと海岸で思いついて、ミセス・ヴァルドンに自宅の鍵を借りたんです。ポケットに入ってます」

「見張られていないのか?」

「なぜ見張るんです? 家人は昨日海岸に行ったんですよ。だれもいません」

角で信号待ちをして、三十四丁目を渡り、九番街を南へ向かった。歩みを少し遅くする。「二マイルはありません」ぼくは告げた。「外気での運動は体調を整え、心を活発にします。タクシーの運転手はおしゃべりです。例えば、昼食のカウンター席でスープを飲むついでに、『ネロ・ウルフが外出したよ。十一丁目にある赤ん坊を引きとった例の女の家まで乗せてったところさ』なんて言いふらすとか。一時間もしないうちに、街中に知れ渡ります。バーに寄ってビール休憩はとれますから、必要になったら言ってください」

「おしゃべりはきみだ。わたしが何日も山や谷を歩きとおしたところを見ただろう」

「そうですね。絶対に忘れられませんよ」

ぼくらは実際に六番街の十二丁目あたりで惣菜店《デリカテッセン》に寄り道した。そんなこんなのあと、以前は毛布にくるまれた赤ん坊が滞在していたポーチに入り、揃って荷物をおろした。ハム、コンビーフ、チョウザメ、アンチョビ、レタス、ラディッシュ、青ネギ、キュウリ、オレンジ、レモン、桃、あんず、クラッカー三種類、コーヒー、バター、牛乳、クリーム、チーズ四種類、卵、ピクルス、オリーブ、ビール十二本。パンは買わなかった。もしフリッツが死んだら、ウルフはきっと二度とパンを口にしないだろう。台所に食材を置き、腕時計を確認できるようになったのが、七時十分。ぼくが荷物を片づけて、ウルフが夕食を台所のテーブルに並べたのは、七時四十五分だった。

戸棚にあった材料で作ったウルフのサラダドレッシングはフリッツのにはかなわなかったが、当然ながら足りない材料があったせいだ。ぼくが皿を洗い、ウルフが拭いた。

ウルフを殴ったところで、いや、せっついたところで、どうにもならない。ウルフは自分の家、植物室、椅子、食卓から追放されたのであり、堂々と戻るには一つしか方法がないからだ。もちろん、ぼくも流刑者なのでお使いに出るわけにはいかないが、ソールとフレッドとオリーがいる。二人で台所から出たときには、ウルフは三人を念頭に置いてどこを掘らせはじめようかと思案しているだろうと思った。なのに、ウルフは子供部屋はどこだと訊いた。ぼくはその部屋では手がかりはなんにも見つからないんじゃないかと答えた。

「敷物だ」ウルフは言った。「すばらしいトルクメン絨毯のテッケがあると言っていたではないか」

ウルフはテッケ絨毯を吟味しただけでなく、家中の敷物を鑑賞した。ごく当然だ。ウルフは立派な絨毯が好きで、知識も豊富だ。かつ、自分の家以外で目にする機会はめったにない。それからウルフは三十分かけてエレベーターとその昇降の様子を研究した。その間にぼくはベッドの問題を検討した。とても愉快な夜だったが、せっついても意味はなかった。最終的にぼくらは四階にある予備の二部屋で就寝した。ウルフの説明によれば高級ペルシャ絨毯、十八世紀のフェラガンが部屋にあったそうだ。

日曜の朝、ぼくは香りで目が覚めた。少なくとも、最初に気づいたのが香り、ぼくのよく知っている香りだった。微かではあったが、ちゃんとわかった。起きあがり、階段の降り口まで行って嗅いでみた。間違いない。一階まで階段をおりて、台所に入った。ウルフがいて、ワイシャツ姿で朝食を食べていた。焦がしバターソースがけの卵《エッグ・オ・ブール・ノワール》。ままごと遊びをしているのだ。

ウルフはおはようと言った。「身支度ができる二十分前に声をかけてくれ」

「わかりました。ワインビネガーですよね？」

ウルフは頷いた。「あまりいいものではないが、なんとかなる」

ぼくは四階に戻った。

一時間半後、朝食を食べて片づけをしたあと、ウルフは二階の広間で窓際に移動させた大型椅子に座って読書をしていた。まだ、せっつくのはやめておくつもりだった。丁寧に声をかける。「外に行って、新聞を買ってきましょうか?」

「好きにしろ。安全だと思うのならば」

ままごと遊びではなく、キャンプ中らしい。キャンプのときには、新聞は気にかけないものだ。

「ミセス・ヴァルドンに電話をして、ここにいると伝えておくべきじゃないですかね」

「そのほうがいいかもしれないな、たしかに」

堪忍袋の緒がぶっつり切れた。「聞いてください、ウ、ル、フ、さん。奇癖を振りかざす余裕があるときと、ないときがあるんです。あなたはこんなときだって奇癖にしがみつけるんでしょうけど、ぼくは無理です。辞職します」

ウルフはゆっくり本をおろした。「夏の日曜日だ、アーチー。人々はどこにいる? 具体的な名前を挙げると、アプトン氏はどこだ? わたしたちはここで缶詰になっている。電話を使ってアプトン氏を発見し、ここに来てわたしと話をするように説得してみてくれるのか? できるとしたら、それは分別ある行動なのか?」

「ちがいますね。ですが、突破口はそれ一つじゃありません。だれが警察に告げ口したのか? そこは電話で判明するかもしれません。そうすれば、調査の必要項目が一つ減るでしょう」

「そっちの捜査を進める時間がない。ひげが剃れない、シャツや靴下や下着も替えられない。新聞を買いにいくなら、歯ブラシも頼む。わたしはアプトン氏に会わなければならない。さっきから、ミセス・ヴァルドンを検討していた。電話をかけたら、今夜暗くなってから一人で来るように頼んでくれ。来るか?」

「はい」

「もう一つ考えた任務がある。急ぐ必要はないが、きみが頭から湯気をたてている以上……ソールをつかまえられるか？」

「はい。留守番電話取次業者で」

「明日の朝、ここだ。エレン・テンザーの姪も検討していた。アンだったか？」

「はい」

「わたしが彼女の職業を正しく理解しているのなら、ミス・テンザーは一時的な休職者の代わりをしているのだな？」

「そうです」ぼくは両眉をあげた。「やられた。言うまでもありませんね。たしかに可能性があります。自分で思いつくべきでした」

「きみは頭から湯気《フューム》をたてるのに忙しかった。湯気と言えば、あのチョウザメはなかなか上物だ。フユム・ア・ラ・ムスクーヴィテ（ミルクで煮たチョウザメにサワークリームとトマトペーストに香草を加えたソースの料理）にしてみたい。新聞のついでに、フェンネル、月桂樹の葉、チャイヴ、パセリ、シャロット、トマトペーストを手に入れられるか？」

「日曜の朝のデリカテッセンで？　無理です」

「それは残念だ。店にある香草ならなんでもいい」

免許を持った私立探偵なのに、デリカテッセンで売っていそうなものさえ知らないのだ。

こんな調子で、日曜日は快適にときが流れていった——新聞、本、テレビ、これ以上望みようがなかった。一時的に欠品している香草に代用品が使用されたとしても、チョウザメ料理はおいしかった。ルーシーに電話して、自宅にお邪魔している客が一緒に夜を過ごそうと招待していることを伝えたところ、真っ先に心配されたのはシーツだった。ベッドにシーツは敷いてあっただろうか？　あったと答えると、ルーシーはすっかり安心して、ぼくらが逃亡犯だという点はそれほど問題にならなかった。

九時頃、留守番電話取次業者からの伝言を聞いたソールが電話をしてきた。ぼくは、翌朝来てほしいと場所を説明した。ソールはキャロル・マーダスの事件を聞いて、土曜の夜と日曜の朝に事務所に二度電話をかけてきていた。ぼくらは家にいないし、それしか知らないとフリッツは答えたそうで、当然ちょっとばかり頭から湯気《フューム》をたてた。ウルフが本気で怒ったら、どんなに危ない橋でも渡るのに長すぎたり細すぎたりすることはないと、ソールだけにちゃんと承知しているからだ。

ルーシーが予備の鍵を持っているかどうかわからなかったので、夕食後は呼び鈴に応答できるように雑誌二冊を用意して台所に陣どった。が、十時少し過ぎ、ドアの開閉する音がして、ぼくは玄関まで出迎えにいった。探偵と依頼人の間で納得のいく挨拶をするためには二本の手、いや、腕が必要で、ルーシーはバッグを床に落とした。挨拶がすみ、ぼくがバッグを拾いあげた。

「あなたがこっちに来た理由はわかってる」薄緑の夏用ワンピースに濃い緑の上着を羽織ったルーシーは、健康そのものにみえた。日に焼けてほてった肌は、海岸より街中で見るときのほうが目を引かれる。バッグを受けとった。「わたしが——適度な親近感を示さないんじゃないかと心配したんでしょ。本当にうぬぼれやね。でも、そんなあなたが好き。電話の話、本当なの？　あなたとネロ・ウルフは、本気で身を隠してるの？」

ぼくは話が通じる程度に状況を説明した。ディック・ヴァルドンが赤ん坊の父親だとの見かたに関するクリユッグとビンガムの意見も含めた。「だから」ぼくは言った。「ウルフさんに依頼した仕事は片づいたわけです。残るは二つの殺人事件だけ。ぼくらを家から追い出したいなら、受話器をとりあげるだけでいい。地方検事が喜んで迎えの車を寄こしてくれますよ。あなたと知りあえてよかった。

ぼくがうぬぼれやだとしたら、図に乗らせたのはあなたです。ただ、まずはウルフさんに質問したいことがあるらしいので」

「正直に言って、アーチー。そんなことするかもしれないと、本気で思ってるの?」

「もちろん。あなたはウルフさんになんの借りもありませんからね。ぼくについては、うぬぼれやだとしても、そこまでじゃないです。実際はちっともうぬぼれてなんかいませんよ。自分が好きなのは常識だって考えてるだけです」

ルーシーは微笑んだ。「ウルフさんはどこ?」

「二階」

ぼくらが広間へ入っていくと、ウルフは椅子から立ちあがった。招かれざる客は、少なくとも礼儀正しい振る舞いができるようだ。挨拶を交わし、ルーシーは室内を見回した。たぶん、二人の男が一晩自由きままに過ごしたのに散らかっていないからびっくりしたんだろう。そのうえでウルフに、快適に過ごせたのならいいのですが、と付け加えた。

ウルフは唸った。「人生でこれ以上不快だったことはありませんな。あなたのおもてなしをどうこう言っているのではないのですよ。避難所を提供してくださったことに、心よりお礼を申しあげます。ただ、わたしは猟犬で、ウサギではないのでね。グッドウィン君が状況を説明したと思いますが?椅子を頼む、アーチー」

言われるまでもなく、二脚運んでいるところだった。一番ゆったりした椅子と読書灯のある場所からウルフが一歩も動くわけがない。ぼくらは腰をおろした。

ウルフはルーシーに目を向けた。「わたしたちは苦境に陥っています。率直にお訊きしますが、あなたは揺らがずにいられますか、マダム?」

ルーシーは眉を寄せた。「口をつぐんでいられるか、という質問なら、できます。大丈夫。昨日アーチーに約束しました」

「警察はあなたを締めあげますよ。キャロル・マーダスとわたしに関係があること、つまりあなたと関係があることを把握したうえに、わたしは逃亡したのですから。あなたはわたしの依頼人でわたしが保護すべき立場でありながら、逆に保護してもらっている状態です。グッドウィン君もです。グッドウィン君は自分の分の礼を言えるでしょうし、そうするにちがいありません。わたし自身については、心より恩義をありがたく思っています。かつ、これまでの恩義をさらに拡充するように依頼しなければならないのです。わたしはマニュエル・アプトン氏にできるだけ早急に会う必要があります。明朝ここに呼び出してもらえますか?」

「どうしてそんな――いえ、やります。できるなら、ですけど」

「わたしがここにいることは口外無用です。アプトン氏は先日、あなたに頼みごとがあるなら直接頼めばいいと話していました。結構、面会に来るように頼んでください」

「もし来たら、なにを話せばいいんですか?」

「なにも。ただこの家に入れるだけで結構です。わたしの言葉で引き留められなければ、グッドウィン君が力ずくで引き留めます。卵はお好きですか?」

ルーシーは笑った。そして、ぼくを見た。で、ぼくも笑った。

ウルフは顔をしかめた。「いい加減にしないか。卵のなにがおかしい? スクランブルエッグの作りかたはご存じですか、ミセス・ヴァルドン?」

「ええ、もちろん」

「グッドウィン君のお気に入りの言い回しを借りますと、一対十であなたはご存じないですな。朝食にわたしが作りますので、そのときになればわかるでしょう。朝食をとる四十分前にお知らせください」

ルーシーは目を丸くした。「四十分?」

「そうです。あなたが作りかたを知らないのは、わかっていましたよ」

第十八章

月曜日の午前十一時四十五分、マニュエル・アプトンがやってきた。

その前に、小さな進展が多少あった。ぼくの目の前で、依頼人はスクランブルエッグの作りかたを知らなかったことをウルフに認めた。ルーシーの目の前で、ぼくは平らげたスクランブルエッグがフリッツの最高の一皿にひけをとらないことをウルフに認めた。ぼくの目の前で、ウルフは家庭の主婦にはスクランブルエッグ一品に四十分かけるのは無理だろうとルーシーに認めた。ただし、卵全体を極上の柔らかさで、しっとりと、粒だって完璧に仕上げるのは、四十分以下では不可能だと言い張った。

ぼくが外出して買い求める必要があった『ニューズ』紙だが、故キャロル・マーダスはかつて同じく故人で有名な小説家のリチャード・ヴァルドンの親友だったと書かれていた。それでも、キャロルの経歴で世間が知る権利のあるそこそこの話以上に思わせぶりはなかった。

ソールは約束どおり午前九時半に来ていて、アン・テンザーに関する指示を受けていた。ソールは八時にフリッツに電話したとのことだった。事務所は捜索令状を盾にした殺人課の刑事が昼夜交代でずっと占拠していて、電話も刑事の一人に聞かれているらしい。ソールは、手が空いているのでウルフになにか用事があればと電話してみただけだと話したそうだ。それから、信頼できる情報源――ぼくらにさえ身元を明かそうとしなかった――から聞いた話として、キャロル・マーダスのマンションでウルフの電話番号が書かれたメモが見つかったとも報告した。なので、たぶんだれも告げ口したわけじゃなかったんだろう。クレイマーはウルフにキャロル・マーダスと会ったことがあるか、もしくは、名前に聞き覚えがあるかと質問しにきただけだったのかもしれない。とはいえ、導火線に火をつけるには充分だったはずだ。ソールは十ドル札と二十ドル札で三百ドルを渡された。アン・テンザーは守りを崩されて、その金を受け入れるかもしれない。

アプトンを迎え入れるお膳立ては、あっさりしたものだった。警官が訪ねてくる可能性があったため、結局ルーシーがドアの番をしていた。で、アプトンを家に入れ、二階に連れていき、広間へ通した。ぼくは一番ゆったりした椅子を長椅子の近くに移動しておいた。ウルフはそこ、ぼくは立っていた。部屋に入って、アプトンはぼくらに気づき、足を止めた。そして、ルーシーを振り返ったがもういなかった。ルーシーは打ち合わせどおりこっそり外に出て、ドアを閉めているところだった。

アプトンはもう一度向きを変え、ウルフに向き直った。かなりのちびで、座ったままのウルフと立ったまま目を合わせてもほとんど水平だった。ぼくの記憶より、さらに小さくみえた。「このデブの詐欺師」しゃがれ声が言った。回れ右をしてドアに向かったが、ぼくが立ち塞がっていることに気づいて、止まった。

「すみませんね」ぼくは言った。「通行止めです」

アプトンは判断力に優れていて、お手伝いと議論したりはしなかった。お手伝いが片手だけで勝負をつけられるのがはっきりしていたからだ。で、ぼくに背を向けて、「愚かな行為だ」としゃがれ声で独り決めした。「ここはニューヨークだ、モンテネグロじゃない」

ということは、アプトンは反モンテネグロなのだ。ぼくは思ったが、口には出さなかった。だから、公式な発言じゃない。

ウルフは椅子のほうへ手を動かした。「座ったほうがいいでしょう、アプトンさん。話は長くなるので。あなたの意志に反して引き留めるのが愚かな行為だというなら、的外れですな。あなたが責任を問おうとしても、こちらは三人ですから口裏を合わせて否定できます。暴力に訴えても無理です、体格上不利ですからね。グッドウィン君なら、あなたを操り人形よろしくぶらさげられます。座りなさい」

アプトンは歯を食いしばった。「話はミセス・ヴァルドンとする」

「後ほどできるかもしれません。キャロル・マーダスについて知っていることを全部、わたしに話してからですな」

「キャロル・マーダス」

「そうです」

「わかった。つまり、わからない。どういうわけで――」アプトンは唇を嚙んだ。そして、続けた。「あんたはこのルーシー・ヴァルドンの家にいる。つまり、まだ丸めこんでるんだろう。匿名の手紙を送ったのはキャロル・マーダスだって吹きこんだのか？　死人に口なしか？」

「匿名の手紙など、存在しません」

アプトンは目を見開いた。近くに椅子があったのだが、わざわざ離れた長椅子に移動して腰をおろす。「そ、そ、そんなんじゃ逃げられないぞ」と決めつける。「あんたが匿名の手紙の話をしたとき、わたし以外にも三人いたからな」

ウルフは頷いた。「その三人とは一昨日の土曜日午後に改めて話をして、匿名の手紙は単なる方便で、人名の一覧表の要請をもっともらしくするためにわたしが考案したと説明しました。一覧表はまるで役に立たなかったのですが、ミセス・ヴァルドンに依頼された仕事は完了しました。もうわたしは不要なのです。今のわたしは殺人犯を追っていて、この家にいるのはミセス・ヴァルドンのご好意です。土曜の午後に行われた問題の三名との話し合いの際、あなたがキャロル・マーダスを殺害したという意見が出ました。話しあいたい、あなたが殺人犯である可能性について」

「話にならないな」アプトンは小首をかしげた。「わかっているだろうが、あんたにはお手上げだよ。面の皮の厚さで名探偵の評判を築いたわけか。おまけに、嘘もつくんだな。わたしがキャロル・マーダスを殺したなんて、だれもそんな意見は出していない。そいつは動機も明らかにしたのか？　本当の狙いはなんだ？　ルーシー・ヴァルドンを使ってここへ呼び出した理由はなんなんだ？」

「ぜひともほしい情報を、もっと手に入れるためです。金曜日にキャロル・マーダスがわたしに会いにきたのを知ったのは、いつでしたか？」

「さらに話にならない。そんな手垢のついた策略を試すとは思わなかった。キャロルが会いにきた、なにか打ち明けた、そして死んだ。わたしが殺すと脅したとでも打ち明けたか？　そういう話なのか？」

「ちがいます」ウルフは座ったまま身じろぎした。背もたれが高すぎて自宅のようにゆったりもたれられないのだ。「効果的な話し合いをしようとするなら、説明の必要がありますな。わたしは、ミセス・ヴァルドンの自宅のポーチに捨てられた赤ん坊の母親を見つけだすために雇われたのです。で、発見しました。多大な費用をかけ、すったもんだの末にです。母親はキャロル・マーダスでした。金曜日はわたしの事務所に来て、こちらがどこまで知っているかを探りだそうとしたので、応じました。フロリダ州から赤ん坊を連れて戻ってきた際、子供を捨てるために、ミス・マーダスは友人、男性の協力を得ました。その人物をXとします」

「Zにしろ。Xは使われすぎだ」

ウルフは無視した。「そういった問題で、ミス・マーダスが助けを求めにいきそうな人物が、四人いました。ウィリス・クリュッグ、ジュリアン・ハフト、レオ・ビンガム、そしてあなたです。ミス・マーダスはXを選んだわけですが、よい結果にはなりませんでした。赤ん坊をすぐに厄介払いする点は、うまく解決しました。マホーパックの持ち家で一人暮らしをする元看護婦、エレン・テンザーに預けられたのです。しかし、赤ん坊の父親がリチャード・ヴァルドンだとXに打ち明けたのは、ミス・マーダスの間違いでした。理由は二つあります。Xについて、ミス・マーダスが配慮不足だった二つの事実があったのです。一つ目、ミス・マーダスとの親密な付き合いを楽しもうという以前からのもくろみがいまだに拒否されていて、Xが不満を抱いていたこと。二つ目、Xが小鬼の魂を持っていたこと。小鬼は邪《よこしま》な小さい魔物と定義されています。編集者ですから、言葉はご存じでしょう」

アプトンは答えなかった。

「そういった次第で、赤ん坊が四か月になり、養育費がかさみ、ちがったかたちで永久に厄介払いするのが望ましくなって、Xは単なる悪ふざけとしてみなしていたはずの計画にのめりこんでいきました。ミセス・ヴァルドンが一人で自宅にいると知っていた五月の日曜日の夜を選び、Xは赤ん坊をエレン・テンザーから引きとって、ゴム印で作成した短い手紙を毛布にピンで留め、この家のポーチに置き去りにしてから、電話をかけて確認するように促した。その手紙は、わたしの事務所にある金庫の中です。内容は……わたしよりもきみの記憶のほうがたしかだな、アーチー」

ぼくはアプトンに通過された椅子に座っていた。「引用開始」と口を開く。「『ミセス・リチャード・ヴァルドン。この子はあなたに。男の子は父親の家に住むのが当然だから』引用終わり」

「もう一度言ってくれ」アプトンが命じた。

ぼくは繰り返した。

「邪な小さい魔物ですな」ウルフが言った。「Xはミセス・ヴァルドンの心をかき乱して喜んだだけではなく、自分のしたことをミス・マーダスに話して刺激も味わった。しかし、ミセス・ヴァルドンがわたしのところへ話を持ちこみ、グッドウィン君とわたしはわずか三日で赤ん坊がエレン・テンザーに養育されていたことを突きとめた。グッドウィン君はミス・テンザーに会いにいって、話をした。ミス・テンザーは警戒した。それでも、赤ん坊が捨てられた経緯は知らなかったはずですし、おそらく母親がだれかも知らなかった。赤ん坊の身元は秘密とされていて、決して開示されてはならないことはよく知っていた。ミス・テンザーはXに連絡し、二人はその日の夜に会った。小鬼の魂の動きは不思議なものです。邪な心のせいでXは大目にみられる範囲とみなした悪ふざけに手を出したわけですが、暴露がせまってその脅威には耐えられなかった。許容範囲ではあっても、ばれるのはいやだったわけですな。そして、エレン・テンザーの車で二人きりだったXは、彼女を絞め殺した。とっさの衝動ではありません、ひもを用意していったはずですから」

アプトンは長椅子で身じろぎした。両耳、両目を活用して聞き入っている。「この話のどこまでが作り話なのかわかるなら、それなりのことはする。全部でたらめか？」

「ちがいます。大部分は立証ずみか立証可能かです。確実な根拠に基づく推測もありますが、そんなに多くはありません。次の点は推測になります。Xがエレン・テンザーを殺害したとミス・マーダスが疑っていたのかどうか、疑ったのならいつ頃からだったのか。それについては、本人から直接の言及はありませんでしたから。自分の子供がエレン・テンザーに預けられていたことを知っていたのなら確実に疑いを抱いていたでしょうが、預け先を知らなかった可能性もあります。ミス・マーダスは新聞を購読していましたか？」

「なんだって？」

「ミス・マーダスは新聞を読む人でしたか？」

「あたりまえだ」

「では、わたしと話したあとでは、Xがエレン・テンザー殺害の犯人だとの疑いをミス・マーダスが抱いていたのはもう推測ではありませんな。単なる疑い程度ではすまなかったでしょう。新聞には、グッドウィン君がエレン・テンザーを訪問したと出ていましたから。その点をはっきりさせる必要がありますか？」

「ない」

「では、残りは明白です。わたしとの面談のあと、ミス・マーダスはグッドウィン君と話したあとのエレン・テンザーとまったく同じ行動をとった。Xに連絡し、二人はその日の夜に会ったのです。Xのポケットにはひもが入っていた。新聞の記事によれば、エレン・テンザー殺害に用いたものと同種のひもではなかった。ずる賢い予防措置ですな。脅威はもう、単なるたちの悪い嫌がらせの暴露ではなく、殺人の露見です。Xはミス・マーダスを絞殺した。そのときはおそらく自分の車の中だったでしょう。そして、死体を小路に捨てた。ペリー・ストリートの小路です。ウィリス・クリュッグ氏の家から一ブロックと離れていません。ミス・マーダスを元夫に返したつもりなのか？　これは推測ですらなく単なる感想ですが、小鬼にぴったりな考えでしょう。ちがいますか？」

「結論を聞かせろ」アプトンはしゃがれた声で要求した。「だれがXだと推測してるんだ？」

「答えるのは危険ですな、アプトンさん。中傷になりかねません」

「ああ。なるかもしれない。地方検事局じゃ、こんな話はまるで知らないようだ。昨日はほぼ一日そこにいたんだが。情報を伝達するべきじゃないのか？」

「はい。そうするべきです。ただ、今はしていません。Xを名指しできるようになったら、知らせますよ」

「じゃあ、証拠を隠匿してるのか？」

「もっと悪いですな。わたしは共謀して司法妨害をしているのです。グッドウィン君とミセス・ヴァルドンも同じ立場です。だからこそ、Xの名前がわかるまではあなたを帰すわけにはいかないのです」

「あんたはそこに座って平然と……」アプトンは言いさした。「信じられない。なぜ、わたしなんだ？　なぜ、わたしにそんな話をするんだ？」

「あなたと話しあう必要がありましたのでね。ビンガム氏、クリュッグ氏、ハフト氏とは土曜日に話をしまして、あなたとも話をしたかった。あなたがキャロル・マーダスを殺害したとの意見を、三人のうちの一人がはっきりとではありませんが、それとなく提示したのです。その説の根拠は、やむをえない理由を打ち明けない限りあなたがミス・マーダスに六か月の休暇を認めることはないだろう、従ってあなたは妊娠を知っていた、つまりミス・マーダスは赤ん坊を厄介払いする際にあなたの助けを求めただろう、というものです。だからあなたがXだ、と結論づけたのですな。荒唐無稽ではないのはたしかです。あなたが殺人犯である可能性を議論したいという申し出に、話にならないと応じましたな。そんな騎士気どりで問題の説は退けられそうにありませんが」

「やっぱり話にならないと言わせてもらうな。それに、わたしは司法妨害の共犯者になるつもりはない」ここで、アプトンは立ちあがった。「これから確認させてもらうつもりだ、あんたが本当に……」今度はドアに向かう。

ぼくはやつをぶらさげるのにさほど乗り気になれなかったので、ドアに先回りして、寄りかかるだけにした。アプトンはぼくの腕を押さえようとして失敗し、上着の前部分をつかんで引っ張りはじめた。そんなことをすると上着によくない、軽い夏の素材だからなおさらだ。で、ぼくはアプトンの手首をつかんでひねった。たぶん、必要な力よりちょっと強めに。アプトンが手を放したので、ぼくもそうした。すると、あのとんでもないばかは身構えて腕を引き、殴りかかってきた。ぼくは一歩横によけ、アプトンの体を回して両腕を背後から押さえこみ、椅子まで追いたてて座らせた。そもそも、その椅子はアプトンに使わせる心づもりだったし。ぼくが自分の椅子に向かったとき、部屋の奥にある戸棚の電話が鳴りだしたが、無視した。

ウルフは唸った。「結構。あなたは無理強いされている事実を確立した。従って、共犯にはならない。わたしたちはあなたをXではないと仮定しています。しかし、ミス・マーダスは六か月の休暇を必要とする理由をあなたに話したはずです。ミス・マーダスが妊娠して出産するつもりであることを、あなたは知っていた。後日、職場に復帰した際、ミス・マーダスは赤ん坊への対処を手伝った人物のことを話さなかったんですか？　アプトンさん、これは答えなければならない質問だと了解してもらわなければなりませんな」

アプトンは息を弾ませて、ぼくを睨んでいた。その視線をウルフに移す。「あんたに答えるつもりはない」こう応じた。「質問する権利のある人物に答える。あんたは答えるべき質問を抱えることになるぞ、たっぷりとな」ここで一息つく。「赤ん坊の件は警察には話していない、キャロルが殺されたことになにか関係があるとは知らなかったからな。今でも知らないね。匿名の手紙の件や、ディック・ヴァルドンと知り合いだった女たちの名前の一覧をあんたがほしがっていて、クリュッグとハフトとビンガムから手に入れただろうってことは話した。こそこそ立ち回れるとでも思ってるなら――」

ノックの音がして、ぼくはドアまで行って外が見える程度に開けた。ルーシーがいた。小声で、「ソール・パンザー」と言う。ぼくは頷き、ドアを閉めて、ウルフに声をかけた。「お電話だそうです」ウルフが立ちあがって、こちらへ来る。ぼくはドアを開けてやり、閉めてから、椅子に戻って腰をおろした。

「話の途中でしたね」ぼくは丁寧に声をかけた。「こそこそ立ち回るとか、なんとかって言ってましたが。続けたいのなら、喜んで聞きますよ」

その気はないようだった。睨む気にさえならないらしいが、ぼくには理由がわかっていた。手首が痛むからだ。さすっているところを見つかってぼくにしめしめと思われるのが癪《しゃく》で、精神を統一する必要があったのだ。あんなふうにひねられれば、しばらくは痛む。ぼくは上階の戸棚によく効く軟膏があるのをたまたま知っていたが、連れていってやるつもりはなかった。ここはぼくの家じゃないし、そもそもぼくの上着を引っ張って型崩れさせるべきじゃなかった。痛がらせておこう。たっぷり十五分間、そういうことになった。

またドアが開き、ルーシー、そしてウルフが入ってきた。ルーシーはそこで足を止め、ウルフは進んだ。アプトンが椅子から離れてしゃべろうとしたが、ウルフは遮った。「座っていてください。ミセス・ヴァルドンが電話をかけます。聞いたほうがいいでしょう」そして、こちらを向く。「クレイマー警視の番号を教えてやってくれ」

ぼくが教えると、ルーシーは番号を繰り返してから、部屋の奥にある戸棚へ向かった。アプトンはそっちへ行こうとしたが、ぼくが立ち塞がっていたためルーシーの背中に向かってウルフは嘘つきだの食わせものだのと言い立てた。電話がつながってルーシーが話しはじめると、アプトンは口を閉じ、立ったまま耳をそばだてた。ぼくも同じだった。名乗ったあとでさえクレイマーに取り次いでもらうのに手間どっていたから、相手はロークリッフ警部補だったのだろう。クレイマーがあいつをそばに置いておく理由は、ぼくには永遠にわからないと思う。ともかく、ようやくルーシーはクレイマーをつかまえた。

「クレイマー警視ですか？　はい、ルーシー・ヴァルドンです。自宅、十一丁目にある自分の家にいます。赤ん坊とキャロル・マーダスについて、話すことに決めました……はい、キャロル・マーダスです……いいえ、地方検事には話したくありません、あなたに話したいんです……いいえ、ネロ・ウルフの所在は知りません。事情を説明する必要があると判断はしましたが、自分なりのやりかたで話すつもりですし、他の人にも一緒に話したいので……ウィリス・クリュッグ、レオ・ビンガム、ジュリアン・ハフト。その三人を連れてくるか、こちらに来るように手配してもらいたいのですが……そうです……いいえ、それはだめです。警察への説明の間、同席してほしいのです……だめです、そのつもりはありません。強硬な態度もとれるんですよ、おわかりだと思いますけど。三人には同席してもらう必要があります……いえ、マニュエル・アプトンさんは今こちらにいますから……かまいません、こちらは大丈夫ですとも……ええ、自分のしていることは、ちゃんとわかっています……もちろん、お望みであればすぐこちらへ来ることはできるでしょうが、全員が揃うまではなにも話すつもりはありませんので……はい、もちろんです……わかりました。そのつもりはありません」

ルーシーは電話を切り、こっちを向いた。「これでよかったですか?」

「だめです」ウルフは言った。「アプトン氏がここにいることを話すべきではなかった。警視は真っ先にここへ来て、会いたがるでしょう。まあ、たいしたことではありません。帰ってしまったと言えばいいのです。アーチー、アプトン氏を四階へ連れていって、黙らせておいてくれ」

第十九章

ネロ・ウルフが寝室で女性と二人きり。これまでずっと一緒に過ごしてきたなかで、ぼくの知っている限りではこれが最初で最後だ。四階にあるウルフが就寝した部屋で、女性はアン・テンザーだった。これは単なる報告で、思わせぶりを言っているわけじゃない。部屋のドアは開けっぱなしだったし、そこからあまり離れていない部屋のドアもやっぱり開けっぱなしで、ぼくがマニュエル・アプトンを黙らせていた。いや、この言いかたでは間違った印象を与えるかもしれない。アプトンは自分から黙りこんでいて、ぼくの手助けは一切必要なかった。ルーシーがクレイマーを呼ぶのを聞いたあとは、せいぜい二十語しか話していなかった。そのうちの半分は、ウルフが持ってきたハムサンドイッチとミルクを断るのに使用された。ぼくはもらった。完璧なスクランブルエッグは立派な料理だが、腹持ちがよくない。

ソール・パンザーは一階でルーシーを手伝い、客を迎え入れてウルフからの指示どおりに座らせていた。あとで聞いたところによると、時間がかかったのは最後に来たレオ・ビンガムのせいだそうだ。足音を聞いて顔を出したぼくが、ウルフの戸口にいるソールを目にしたのが、一時三十五分だった。ソールはウルフに声をかけ、こちらを向いて言った。「準備完了」そして、階段に向かい、おりていった。ぼくはアプトンを部屋の外へ出し、エレベーターに乗せた。すぐにウルフとアン・テンザーも来た。ウルフのような図体でないなら、もう二人は乗れただろう。ウルフは自らボタンを押し、さがっていく間は首をかしげてきしみ音や唸り音を聞こうとしていたが、まったく聞こえなかった。近いうちに、こんなエレベーターの値段を調べろと言われる気がする。

ぼくはクレイマー警視をばかだと思ったことは一度もないし、今でも考えは変わらない。首をねじって、ぼくらが入ってくるのを見たときの反応を考えてみよう。クレイマーは椅子から飛びあがり、口を開いたが、そのまま閉じた。ウルフが推理に自信を持っていない限り、こんな三文芝居を画策することはないと瞬時に悟ったのだ。みんながいる前でぶち切れれば、最終的にウルフによりおいしい思いをさせるだけになる。ぼくらがみんなのところへ近づくと、クレイマーは顔をさらに赤くして、口をさらに強く引き結んだが、声一つ出さなかった。

ソールは指示に従って客を座席に配置していた。ルーシーはちょっと奥まった左側、その近くにアン・テンザー用の椅子。ウィリス・クリュッグとジュリアン・ハフトは長椅子に座っていて、その右端にある椅子にはレオ・ビンガムがいた。クレイマーは長椅子の中央に向かいあうかたちで着席し、ソールはその左側にいた。ぼくが前もって置いておいたウルフのための一番ゆったりした椅子は、長椅子の左端近く。ぼくとアプトンの席は長椅子の左側に空けてあり、アプトンがハフトの隣へ、ぼくはウルフに近いほうへ座ることになっていた。

が、アプトンには別の考えがあった。長椅子に近づくと、腰をおろす代わりにクレイマーに向き直った。「警視、告訴をしたい」と言い出した。「ネロ・ウルフとアーチー・グッドウィンに対してだ。二人はわたしを力ずくでここへ引き留めた。物理的な力によってです。グッドウィンは暴行を働いた。わたしはマニュエル・アプトン。法的手続き上どんな罪になるのかわからないが、そちらでわかるだろう。この二人を逮捕してもらいたい」

それでなくても、今のクレイマーは手いっぱいの状態だった。アプトンに目を向ける。「この二人にはもっと重大な容疑がかかっています」と大声で決めつける。そして、腰をおろしたウルフを見おろす。「今の話についてはどうなんだ?」

ウルフは顔をしかめた。「グッドウィン君、ミセス・ヴァルドン、それにわたしは鼻で笑うことができます。その件の扱いは後回しにしたほうがいいと思いますな。そもそも扱う必要があれば、ですが。対処すべきもっと重要な問題があります。あなたもおわかりでしょう、ミセス・ヴァルドンの電話がわたしの差し金なのがはっきりしたのですから」

「いつ、ここに来たんだ?」

「土曜日です。一昨日ですな」

「土曜からここにいたのか?」

「はい」

「グッドウィンも?」

「はい。座りませんか?　首を伸ばすのは好まないので」

「こいつらを逮捕しろ」アプトンがしゃがれ声で言った。「これは正式な要請だ。逮捕しろ」

「ばかも休み休みにしてください」ウルフが言った。「わたしは殺人犯を特定するところであり、クレイマー警視もそれを承知しているのです。さもなければ、わたしが視界に入った瞬間に警視は逮捕に踏み切っていたでしょう、あなたの告訴を待たずにね」ウルフは右から左へ視線を巡らせた。クレイマーは腰をおろした。ぼくも腰をおろした。それで、立っているのはアプトンだけになった。というわけで、アプトンも長椅子のハフトとぼくの間に腰をおろした。

ウルフはクレイマーをじっと見つめた。「あなたがどこまで知っているのかわかりませんが、空白部分は後ほど埋められるでしょう。今回の殺人犯は不幸な人物たちの一人ですな。殺人犯という役に生まれついているわけでも、向いているわけでもないのに、気づいたときには――」

「その能書きも後回しにしろ」クレイマーが怒鳴った。

「これは必要な前置きなのです。気づいたときには、いきなり殺人に向かってまっしぐらとなっていた人たちですね。七か月ほど前、キャロル・マーダスから養育を望まない赤ん坊への対処に力添えを頼まれ、犯人は承知した。そのとき、友人を気遣う親切の結果として一年以内に二度の殺人を犯すことになると教えたとしたら、犯人はあなたのことを頭がおかしいと考えたでしょう。次の決定的な一歩は親切ではなかったけれども、殺人を引き起こすようなものでもなかった。単なるいたずらだったのです。赤ん坊の父親がリチャード・ヴァルドンだと知っていたので、その子を――」

「空白部分がでかすぎる。それは、エレン・テンザーが預かっていた赤ん坊のことか？」

「そうです。これではうまくいかないようですから、犯人を名指ししなければなりませんな。わたしと一緒にここへ入ってきた女性に見覚えはありますか？」

「ないと思うが？」

「そちらはミス・アン・テンザー、ミス・エレン・テンザーの姪です。叔母が死亡した際の捜査ではもちろん事情聴取を受けていますが、担当はあなたではなかったようですな」ウルフは視線を転じた。

「ミス・テンザー。ご自身の職業についてクレイマー警視に説明していただけますか？」

アンは咳払いをした。やはり金髪で、ここに座っている二人、アンとルーシーのどちらがより魅力的かを十人の男に訊いたら、たぶん七人がアンを選ぶだろう。エレベーターに乗ってきてぼくを見たとき、アンは味も素っ気もない調子で、「どうも」とだけ言った。「どうも」は、「こんにちは」じゃない。

冷静で事務的な目がクレイマーに向けられた。「ストップギャップ・エンプロイメント・サービス社に所属する秘書です。休暇なり一時的な欠員なりの代替要員として派遣されます。わたしは上級管理者待遇となっております」

「それで、あなたは多種多様な会社に勤務してきたのですね？」ウルフが確認した。

「多種多様な会社で勤務してきたのです。雇い主はストップギャップ・エンプロイメント・サービス社ですので。平均して、一年に十五件程度の依頼に対応します」

「この部屋に依頼によって働いた先の人物は、どなたかいますか？」

「はい」

「顔がわかるのですね？」

「もちろんです。パルテノン出版のジュリアン・ハフト社長です」

「仕事をしたのは、いつでしたか？」

「正確な日付はわかりませんが、去年の夏の初めでした。六月末の二週間と七月の第一週だったと思います」

「仕事上でハフト氏と接触する機会は頻繁にありましたか？」

「はい。ハフト社長の個人秘書の代理でしたので。秘書は休暇中でした」

「叔母さん、ミス・エレン・テンザーの名前がハフト氏との会話に出たことがありましたか？」

「はい。元看護婦が書いた本や原稿についての手紙を口述された際、自分にも元看護婦の叔母がいると話したついでに、少しおしゃべりをしました。叔母は自宅で赤ん坊を預かることがあるとも教えたにちがいありません、後日、電話をかけてきた際、ハフト社長は問い合わせを――」

「失礼。電話はいつでしたか？」

「数か月後の冬です。一月だったと思います。ハフトさんがストップギャップ・エンプロイメント・サービス社に電話をかけて伝言を残されたので、折り返しご連絡しました。叔母はまだ赤ん坊を預かるのかとの問い合わせでした。そう思うと答えたところ、名前と住所を訊かれました」

「教えたのですか？　名前と住所を？」

「はい」

「あなたは――」

「ちょっと待ってください」クレイマーがアンを睨んでいた。「叔母さんが亡くなって尋問を受けた際、なぜ今の話をしなかったんです？」

「忘れていたからだと――いえ、忘れてはいませんでしたが、思いつかなかったんです。しょうがないじゃないですか」

「なぜ、今になって思い出したんです？」

「人が来て、質問したからです」ソールに向かって軽く頭をさげる。「あの人です。四人の男性の名前を挙げて、会ったことのある人はいるかと訊かれたんです。ジュリアン・ハフトさんと面識があること、代理の秘書だったことを話しました。そうしたら、ハフトさんが叔母を聞き知っているとみなす心あたりはあるかと尋ねられました。それで、もちろん思い出したので、答えました。その答えが叔母を殺した犯人を見つけるのに役立つかもしれないと言われましたから、包み隠さず説明しました」

「その男の手伝いで思い出した？」

「『手伝いで』の意味がわかりません。思い出したのはわたし自身です。どうして思い出すのを他人が手伝えるんです？」

「暗示を与えられる。それとなく、叔母さんが赤ん坊を預かることをハフトさんへ教えたように思わせられた。あなたが一月に受けたとする電話について暗示を与えることが可能だった」

「たぶん、可能だったでしょう。ただ、そんなことはありませんでした。暗示などなく、質問されただけです。あれこれ暗示を与えようとしているのは、あなたじゃありませんか。わたしは今、しないはずのこと、これまでは絶対にしなかったことをしています。大勢の人、重要な地位にある人たちのために仕事をしてきましたが、その内容については他言無用が前提となっていますし、一度も外部に漏らしたことはありません。この件について話しているのは、実際はわたしの仕事に関することではなく、叔母に関することだからです。その叔母は殺されたんです」

「この男はあなたの提供した情報に礼金を払いましたか？」

「いいえ」アンの目が光り、顎がさっとあがった。「あなたは自分を恥ずべきだと思います。叔母が殺されて六週間以上経ち、あなたは殺人事件の捜査責任者である警視なのにだれも逮捕していない。別の人物が打開を目指して実際に手を打つと、その人がわたしに賄賂を渡したなんて非難する。恥ずかしく思うべきです」

「だれも非難などしていませんよ、ミス・テンザー」クレイマーに恥じている様子はなかった。「この男と同じこと、質問をしているだけです。この男はあなたになんらかの金を約束しましたか？」

「とんでもない！」

「ここでの発言を宣誓下で証言しますか？」

「もちろんです」

「この部屋にいる他の男性とこれまでに会った、もしくは見かけたことはありますか？　ハフトさん以外に？」

「ありません」

「ないんですか？　数週間前に署名した供述書によれば、あなたはこのなかの一人との会話について触れていませんでしたか？」

アンは室内を見た。「ああ、アーチー・グッドウィンさん。そのとおりです」

「供述書に記載した会話以降、グッドウィンに会うか、話すかしたことは？」

「ありません」

「この男、パンザーがはじめてあなたと会って、質問をしたのはいつでしたか？」

「今日です。今日の朝」

「今日より前に、さっきの線にそって質問をした人はだれもいなかったんですか？」

「いいえ。つまり、肯定です。だれもいません」

クレイマーの目がソールをとらえた。「パンザー。お前はミス・テンザーの発言を全面的に正しいと認めるのか？」

ソールは頷いた。「認めますよ。知っている範囲で、全部」

「お前はネロ・ウルフの指示でミス・テンザーに会いにいったんだな?」

「そうです」

「ウルフはいつ、どこで、お前に指示を与えた?」

「本人に訊いてください」

「お前に訊いてる」

「くだらん」ウルフが言った。「答えてかまわない、ソール」

「この家の台所で」ソールは答えた。「今朝の九時半頃」

クレイマーはウルフに向き直った。「ミス・アン・テンザーに関して、こんな策を急に思いついたわけを聞かせてもらおうか」

ウルフは首を振った。「急ではありません。遅すぎですな。それに、正確に言うと、策でもありません。溺れる者が藁をつかんだだけです」ジュリアン・ハフトに目を向ける。「ミス・テンザーの説明にあった出来事を思い返しているのでしょうね、ハフトさん? 去年の夏、一年前にミス・テンザーが叔母の話をしたときのこと。この前の冬、叔母の名前と住所を訊くために電話したときのこと」

ハフトはどのように対処するか、決めかねていたようだ。ウルフと一緒に入ってきたアン・テンザーを見たときからずっと対応を考えていたはずだが、眼鏡を三度はずし、三度かけ直していた。手をどのように扱ったらいいかを決めかねていたなら、もちろん舌の扱いかたも決めかねていた。なので、とっさに答えた。「いや、そんなことはしていない」

「そのときのことを思い出さないのですか?」

「そうですね」

「ミス・テンザーの言い分に反論するのですか？　嘘をついていると？」ハフトは唇をなめた。「嘘をついているとは言っていない。勘違いしている。他のだれかと間違えているんですよ」

「それは賢明な態度ではありませんな。さらに、幼稚です。あなたとしては、ミス・テンザーが説明した事実を認めてそれが示唆する点に反論するか、相手を嘘つきと断ずるべきだった。まあ、頭は無論悪いのでしょう。六月、あなたや他の人たちに匿名の手紙について事務所で説明したあの日、あなたは愚かにも自分に注意を向けさせた。一覧表の要請に抵抗し、提出を渋った。そのくせ、だれかが筆跡で見当をつけられるかもしれないと称して、封筒を見せるように要求した。それで、一つの想定が生じた。手紙に関する疑問点に根拠があったのではという想定ではありません、そもそも手紙は存在しないのですからね。手紙などないとあなたが知っていた、という想定です。匿名の手紙など存在しないと知っていたとしたら――」

クレイマーが割って入った。「匿名の手紙は存在しないってのか？」

「そうです」

「全部でっちあげだったんだな？」

「策略ですよ。空白部分は後ほど埋められると先ほど言ったでしょう」ウルフはハフトに視線を戻した。「匿名の手紙が存在しないことをあなたが知っていたとしたら、なおかつ知っていることを言わなかったのなら、ミセス・ヴァルドンがなんのためにわたしを雇ったのかを、おそらく知っていたはずだ。さっき指摘したとおり、あなたは愚かにも自分から注意を引きつけた。しかし、本当の致命傷は負わなかった、エレン・テンザーを殺害し、危険へのつながりを消してしまっていたからです。それは――」

「嘘だ。あんたを嘘つきと断ずるね」

「当然です。たとえ虫けらでも避けられない対処でしょうし、定義によるならあなたは人間ですからね。これ以上わたしを脅威に感じるような要素はありませんよ、ハフトさん。あなたがエレン・テンザーとキャロル・マーダスを殺害したことを証明はできない。断言することしかできないのです。わたしとしては満足しています。ミセス・ヴァルドンの依頼は二日前に果たされましたし、復讐の女神の役割を果たさせる目的で依頼人が金を出すとは思えませんのでね。あなたの鉄面皮さ、犯した罪など、正体は暴露しましたし、こちらからは助言だって差しあげますよ。即座にここを出て、守りを固めるのです。あれだけ広範囲にわたる犯行ですから、手がかりがあるにちがいない。手紙もしくは電報。エレン・テンザーに自分で金を払っていたなら、その支払いずみ小切手や控え。ひも。どこかに書き留めたエレン・テンザーの電話番号、赤ん坊の毛布にピンで留めてあった手紙に使用したゴム印のセット。車内に落ちたキャロル・マーダスの頭髪。エレン・テンザーの車内に落ちたあなたの頭髪。犯人と目された以上、可能性を挙げれば切りがありません。それに当然ながら、消せない事実もあります。例えば、先週の金曜の夜に自分のものか他人のものかは知りませんが、車の使用の事実など。あなたの目の前にはやるべきことがある。直ちにとりかかるべきです。どうぞ。行かないのですか？」

レオ・ビンガムが呟いた。「やれやれ、こいつはまいったな」

「この男が出ていかないことは百も承知してるだろうが」クレイマーがきしんだ声で言った。「全員この部屋から出るな」そして、立ちあがる。「電話はどこだ？」

ウルフは首を伸ばした。「提案があります。二時間前、わたしがアプトン氏に訊いたところ、返答を拒否された質問があるのです。質問する権利のある人物に答えるとのことでした。あなたにはその権利があることを認めると思います。そこで、提案です。キャロル・マーダスが赤ん坊を預けるのを手伝った人物の名前を明かしたかどうかを訊いてみては」

クレイマーはアプトンを睨んだ。「明かしたんですか?」

「ああ」アプトンが言った。

「だったらなぜ、昨日そう言わなかったんだ?」

「訊かれなかった。それに、今知っていることを、昨日は知らなかった。ところで、再度正式に要求させてもらう。ネロ・ウルフとアーチー・グッドウィンをわたしの告訴に基づいて逮捕しろ。まあ、質問には答える。キャロル・マーダスは言っていたよ。ジュリアン・ハフトと空港で、もしくは空港を出た直後に会って、赤ん坊を預けたとね」アプトンは隣のハフトに顔を向けた。「ジュリアン、こうなった以上――」最後までは言わなかった。ハフトは眼鏡をはずそうとしていたが、手が震えてうまくできない状態だった。

クレイマーがミセス・ヴァルドンに訊いた。「電話はどこです?」

ルーシーは指をさした。「あそこです」

クレイマーはそちらへ行こうとして足を止め、振り向いた。「今いる場所から動くな、全員だ。車を呼んで、地方検事局まで連れていく」ウルフをじっと見た。「あんたもだ。家から絶対に出ないんだったな、ええ? 出た以上、帰るのはこっちが指示したときだ」クレイマーは戸棚へ向かった。

ウルフは依頼人に顔を向けた。「ミセス・ヴァルドン。あなたはわたしの勝手を受け入れてくれました。従って、恩義があります。この部屋を出ていくようにお勧めしますよ。上階に行って、部屋のドアの鍵をかけるんです。クレイマー警視の今の機嫌では、あなたも地方検事局へ同行すべきだと言い張るでしょうが、そんな義理はありませんから。どうぞ、ここを出てください」

ルーシーは立ちあがり、出ていった。この同じ部屋にぼくを残して出ていったときから、四十八日が過ぎていた。

第二十章

先週、窓の内側で外を眺めるのが心地よい吹雪模様のある一月の朝。ぼくは厨房の朝食用のテーブルで、スクラップル（豚肉と挽き割りトウモロコシなどを煮てミートローフのように固め、薄くスライスして食べる料理）の三口目をゆっくりと咀嚼して飲みこみ、フリッツに顔を向けた。

「また、改良？」と尋ねる。

フリッツはにっこり笑った。「味がわかってきたみたいだね、アーチー。判別《ディスタンゲ》することがね。もう十年かけたら、味覚が備わるよ。なにをしたか、わかるかい？」

「さっぱり。ただ、なにかをした。なにをしたんだい？」

「セージをちょっと減らして、オレガノを気持ち程度に足したんだ。どう思う？」

「天才だなって思うよ。一つの家に二人の天才がいて、そのうち一人は同居にありがたい相手だ。もう一人には、ぼくがそう言っていたと伝えていいよ」ぼくはスクラップルを一口食べた。ベーコンはなし。普通なら、ぼくはスクラップルを最初に二口か三口食べたあとにベーコンを口に運ぶのだが、味覚を発達させたかった。「ウルフさんで思い出したけど、朝刊は読んだだろう？」

「ああ。例の殺人犯、ハフトだろ。訴えは退けられたね」

「上告するよ。弁護士に払う金があれば、あれこれ言い抜けができる。貧乏で不便なことの一つだな、おいそれと人を殺すわけにもいかない」

フリッツはコンロの前でスクラップルの次の一枚をひっくり返していた。「待たせて悪いね、アーチー。フライパンが冷えたままだったんだ。もっと遅くなるまで起きてこないと思ってた。フラミンゴ・クラブに行くって言ってたから」

ぼくはスクラップルとベーコンを食べた。「相変わらず回りくどいな」と言い返す。「訊けばいいんだよ。どうしてフラミンゴ・クラブに行かなかったのか、行ったのならなぜ早く帰ってきたのかってね」

「いいね《ビヤン》。そう訊くよ」

「結構だ。答えるよ。その一、ぼくはクラブに行った。その二、早く帰宅したのは、クラブを早く出たから。その三、早く出た理由。赤ん坊が熱を出して、連れが心配していたんだ。心配ごとのある女性は、ダンスをするべきじゃない。これで説明がついたかな?」

「ああ」フリッツはこっちに来て皿をとりあげ、すぐに熱いスクラップルを盛りつけて戻した。「ウルフさんも心配していたよ、アーチー。あの女性と結婚する危険があるかもしれないって考えてるんだ」

「知ってるよ。ちょうどいいや。もう一か月くらいで昇給を要求できる」ぼくはオレガノ風味の自家製スクラップルを一口味わった。

訳者あとがき

　だれにとっても、この世における最初の人とのつながり。それが親子関係です。そして、出生時の記憶がない以上、自分の親を確実に把握している人はいません。現在でこそＤＮＡ鑑定があり、生物学上の親はわかるようになりましたが、つい何十年か前までは母親はまだしも、父親をはっきり知るすべはなかったのです。

　現実に腹を痛めて出産する母親でさえも、医師や助産師の立ち会いなしに赤ん坊のへその緒を切ってしまうと、実際の親子関係の確認がとれないとして、出生証明書が発行されない場合もあるようです。そうしたときには出生届受理のために妊娠中や産後の写真、妊娠していたことの証明書、出産の経緯など膨大な量の書類が必要になるそうです。それほどに親子関係とは重要なものなのです。もっとも、父親は名前の記入だけですむのですが。

　本作では「家族」をこよなく愛するネロ・ウルフに、近頃では珍しい『捨て子』にまつわる事件が持ちこまれます。物語のヒロイン、ルーシー・ヴァルドンは名家の出身で著名な作家の妻であり、なに不自由なく生きてきました。が、夫が事故死し、ようやく一人の生活にも慣れてきたところで、素性のわからない赤ん坊を家のポーチに捨てられるのです。しかも、その子は夫の忘れ形見の可能性がある。困り果てたルーシーはウルフに母親探しを依頼しました。自身でも隠し子騒ぎを起こしたことのある（周囲の誤解だったのですが）ウルフとはいえ大の女嫌いで子供を好まないのですが、頭のいいルーシーに理詰めで追いこまれ、依頼を引き受ける羽目になります。自宅大好きで仕事では決して外出しないウルフですが、新生児の親は頭を絞っただけでは判明しようがありません。そこで、女性大好きにして外出大好きの助手、アーチー・グッドウィンが捜査のために飛び回ることになります。行く先々で殺人に巻きこまれるとも知らずに……。

稀代のモテ男、アーチーは事件絡みで美女と付き合うことはしょっちゅうなのですが、みなが認める本命リリー・ローワンを除いては、あまり長続きした試しがありません。付き合う場合はアーチーなりに毎回本気であるのですが、基本的に結婚願望なしで仕事第一主義のため、自分をなにより愛してほしい女性は離れていってしまうのです。ところが今回、アーチーは珍しくルーシー・ヴァルドンに深入りします。普通なら起こりえないような衝撃の展開が続いてつい見逃しがちになりますが、彼女はまだ二十六歳です。女性として生きるか、母親として生きるか、ルーシーは自らの姿を求めて苦悩します。同時に、アーチーの「家族」もまためったにない展開に人知れず気を揉むのです。アーチーの幸せを心から願いながらも、男性だけで構成されるウルフの「家族」は、アーチーが結婚すればかけがえのない一員を失うことになります。新たな「家族」が作られてより強い絆が結ばれる

本作の原書より、左はBANTAM BOOKS（1981年、6th printing）、右はFontana Books（1975年、Second Impression）

のか、ウルフたちは固唾をのんでアーチーの結論を待つことになります。この結末は、アーチーの最後の言葉で暗示されていますが、関係者たちにとって笑顔の絶えない未来になることを願うばかりです。

ウルフが活躍した時代にはＤＮＡ鑑定のなかったことは冒頭で指摘したとおりですが、その他にも随所でクラシックな雰囲気が味わえます。ダイヤル式の電話、乳母車（ベビーカーではない）、巻きとりのフィルムカメラで現像作業が必要な写真撮影（リモコン操作とはいえ、有線だったでしょう）。ニュースはテレビではなくラジオで流れ、ＳＮＳではなく新聞広告で不特定多数の人間に周知を図る。今では忘れかけられてきた時代を彷彿《ほうふつ》とさせる品々を思い起こしながら（あるいは想像しながら）読んでみるのも楽しいかもしれません。

本作ではウルフが家から逃走するというめったにない場面があります。ウルフは世界中で自宅だけが安全かつ快適だと信じており、望んで外出することはありません。その限られた空間では、ウルフはまさに王者のようで、自ら定めた日課を厳密に守っています。その日課を一度ここで整理しておきましょう。

午前八時。起床。フリッツが二階のウルフの寝室まで運んできた食事をベッドでとる。ちなみにパジャマは黄色。その後身だしなみを完璧に整える。

午前九時から十一時。午前中の蘭の世話。セオドア・ホルストマンと屋上の植物室で過ごす。緊急事態以外は仕事に対応しない。

午前十一時。事務所に到着。その日の蘭を机の花瓶に飾り、朝の郵便に目を通す。仕事がなければ読書などをする。

午後一時前後。一階の食堂で昼食。食事中は仕事の話は御法度。

午後二時から二時半。事務所に戻る。

午後四時から六時。午後の蘭の世話。

午後七時頃か八時頃。食堂で夕食。夕食後はコーヒーを持って事務所に戻るが、あまり仕事はしたがらない。

真夜中頃。就寝。

BANTAM BOOKSのカバーに描かれたネロ・ウルフ

今回、ウルフは『母親探し』に奮闘したわけですが、『父親探し』という長編もあります。そちらの作品ではウルフとアーチーがリリー・ローワン（アーチーの本命）の知り合いの若い女性から父親を探してほしいという依頼を引き受け、事件に巻きこまれていきます。他の長編と併せて、いずれウルフファンの皆さまにご紹介できればと思っております。次回翻訳は引き続きウルフの長編『人《じん》盗《と》り競争（原題・Prisoner's Base）』（仮題）をお届けする予定です。どうぞご期待ください。

いつものことではございますが、変わらずウルフの作品を愛してくださる読者の皆さまに心より感謝申しあげます。

〔著者〕

レックス・スタウト

本名レックス・トッドハンター・スタウト。1886年、アメリカ、インディアナ州ノーブルズヴィル生まれ。数多くの職を経て専業作家となり、1958年にはアメリカ探偵作家クラブの会長を務めた。59年にアメリカ探偵作家クラブ巨匠賞、69年には英国推理作家協会シルバー・ダガー賞を受賞している。1975年死去。

〔訳者〕

鬼頭玲子（きとう・れいこ）

藤女子大学文学部英文学科卒業。インターカレッジ札幌在籍。札幌市在住。訳書に『ジェニー・ブライス事件』、「ネロ・ウルフの災難」全3巻、『ロードシップ・レーンの館』、『殺人は自策で』（いずれも論創社）など。

母親探し《ははおやさが》

——論創海外ミステリ　313

2024年2月20日　初版第1刷印刷
2024年2月29日　初版第1刷発行

著　者　レックス・スタウト
訳　者　鬼頭玲子
装　丁　奥定泰之
発行人　森下紀夫
発行所　論 創 社

〒101-0051 東京都千代田区神田神保町2-23 北井ビル
TEL:03-3264-5254　FAX:03-3264-5232　振替口座 00160-1-155266
WEB:https://www.ronso.co.jp

組版　加藤靖司
印刷・製本　中央精版印刷

ISBN978-4-8460-2367-6